INTENSAMENTE:

sete monólogos curtos para mulheres

Rildo Bento de Souza

Os personagens e eventos retratados neste livro são fictícios. Qualquer semelhança com pessoas reais, vivas ou falecidas, é coincidência e não é intencional por parte do autor.

Os monólogos contidos neste livro precisam de autorização do autor para serem encenados apenas se houver cobrança de ingresso. O autor deverá ser contactado pelo seguinte e-mail: rildobento@gmail.com

ISBN: 978-65-00-07800-8

Design da capa: Suzi Rodrigues
Foto do autor: Suzi Rodrigues
Revisão ortográfica: Anderson Hander Brito Xavier

República Federativa do Brasil

Para Michele Ferreira Martins,
meu grande amor.

Sou mulher como outra qualquer.
Venho do século passado
e trago comigo todas as idades.

CORA CORALINA

ÍNDICE

PREFÁCIO

Como arqueóloga, gosto de pensar que as pessoas têm muitas camadas, não camadas que se sobrepõem ordenadamente, mas uma estratigrafia conturbada, posto que as camadas se misturam, se invertem e, às vezes, ficam indistinguíveis. Rildo também tem muitas camadas. A mais visível para mim no cotidiano é a do professor e pesquisador dedicado, especialista que é nas coisas de Goiás, entrelaçadas por ele em uma compreensão densa da história e da memória. A camada do escritor e dramaturgo vem à tona todas as vezes que ele nos presenteia com uma nova obra, como esta que temos em mãos. Ambas são atravessadas por uma lente sempre persistente: a camada do homem acolhedor, com humor refinado e senso de justiça.

Em *Intensamente: sete monólogos curtos para mulheres*, Rildo Bento de Souza nos apresenta sete mulheres que têm em comum o fio da intensidade. O dramaturgo traz as personagens femininas para o centro da cena. Frustrado com seus escritos, como todos os bons autores, Rildo busca, com essa obra, aplacar um pouco da sua própria insatisfação com as mulheres em sua escrita. Frustração que moveu o escritor para mais uma bela obra e eu, como mulher feminista, não poderia deixar de já anunciar minha predileção por esses escritos.

Conhecemos, então, Marta, Maria da Luz, Anny, Arlete, Ângela, Januária e Vitória.

Encontramos Marta, que nos braços de Ana encontra o amor. Mulher madura, relembra os amores e as decepções de sua vida em meio a um tratamento para a depressão.

Nos emocionamos com Maria da Luz, irmã da Maria das Dores, filha e neta de Marias. Da Luz amava os livros e tornou-se professora, amava a liberdade e foi prisioneira de um homem, vive em meio a lembranças, esquecimentos e seu baú.

Conhecemos Anny, ou melhor, uma das sete faces dessa mulher. Puta? Sim, por que não? Busca vingança, sonha em voltar a ser gente, a ser ela mesma.

Mulheres que se deparam com a violência simbólica e física, com o machismo que fere e mata, com a hipocrisia, pois o abuso e a violência vêm embrulhados com o papel da tradicional família brasileira.

Também conhecemos a expansiva e expressiva Arlete. Sua história nos arranca bons risos, assim como lágrimas. Aliás, essa é uma característica dos escritos de Rildo, alternar e misturar em nós as diferentes emoções. Em meio à pandemia, Arlete se despede do marido e nos faz pensar sobre o significado de dividirmos nossa vida com alguém.

Somos apresentadas à Irmã Ângela, levada pela violenta correnteza de um rio. Ao se debater contra a correnteza, a Irmã vai se despindo, e vamos conhecendo Ângela e a face mais misteriosa do amor.

Conhecemos, também, Dona Januária, o vizinho Toninho e sua esposa Suzana, bem como Zéfa, a benzedeira que não era "macumbeira". Uma pitada de realismo fantástico.

Por fim, somos atravessadas por Vitória, pelo tempo. Uma ilha, uma canoa, o outro lado do muro. A intensidade da última história do livro nos arrebata. O tempo. Um fio que tece uma história de força, doçura e vida.

Afinal, é a vida que pulsa em cada história desse livro. Vidas vividas por mulheres contagiantes. Um sopro de esperança em tempos tão difíceis para todos e, em especial, para nós mulheres.

Goiânia, 19 de outubro de 2020

Camila A. de Moraes Wichers
Mestre e Doutora em Arqueologia,
Doutora em Museologia, Professora
da Universidade Federal de Goiás

PRÓLOGO

Este livro constitui resultado de minhas frustrações. Não sei se é um lugar comum afirmar que todos os escritores são frustrados por natureza, mas eu me orgulho muito de ser, já que ela me impõe certos freios no que concerne à real dimensão do meu trabalho. Ora, como não se frustrar diante do seu texto e ver que ele poderia ter sido muito melhor? Ou como não se frustrar diante da leitura de grandes obras e ver que sua escrita é medíocre? São nessas pequenas grandes frustrações cotidianas que eu trilho, despretensiosamente, os caminhos da minha dramaturgia.

Mas, se há as frustrações que dizem respeito à escrita, também há aquelas relativas à construção das personagens. Como dramaturgo, tenho, apenas, as falas e as poucas rubricas para tornar uma personagem crível, interessante e importante para a história que eu vou contar. Talvez por isso, uma grande crítica que eu me faço quando releio as minhas peças, diz respeito ao desenvolvimento das personagens femininas.

Embora o dramaturgo tenha de ter os olhos voltados para a vida alheia (no bom sentido!), na percepção de pequenos detalhes, na apreensão e compreensão das pessoas como se todas fossem, a princípio, personagens em busca de uma peça só sua, sinto extrema dificuldade em dar vida às personagens femininas. Nas minhas peças, com raríssimas exceções, sinto-me frustrado com suas trajetórias, e, por isso, desde 2013, venho trabalhando nesses monólogos, como uma homenagem a todas as mulheres.

Dos sete monólogos que enfeixam esse livro, seis foram escritos ou reescritos no mês de maio de 2020, durante a quarentena da pandemia. Porém, embora a escrita do texto tenha sido rápida, o processo de percepção, apreensão e compreensão da vida dessas mulheres, ou seja, da construção das personagens, demorou muitos anos. Afinal, é o ser humano, em suas múltiplas faces, que faz com que o dramaturgo tenha uma fonte inesgotável de material.

A princípio seriam vinte monólogos, porém, como tenho também os projetos acadêmicos para tocar, desenvolverei o restante deles em outra ocasião e, talvez, se possível, publicá-los em outro livro. Por ora, segue este, que tenta aplacar um pouco a minha frustração... Enquanto isso, sigo colocando reparo nas pessoas, observando seus gestos, forma de falar, modo de vestir, respiração... É daí que, talvez, num hipotético próximo livro, eu tenha muito mais que somente treze histórias para contar.

Por fim, quero registrar um agradecimento especial a quatro pessoas maravilhosas: à minha esposa Michele Martins e ao amigo Jean Baptista, primeiros leitores deste livro, que muito contribuíram com sugestões e incentivos; à amiga Camila Wichers, pelo generoso e delicado prefácio, e à amiga-comadre Suzi Rodrigues, pela esplêndida capa.

Axé!

Goiânia, 01 de junho de 2020.

R.B.S.

DEDO PODRE?

Marta tem aproximadamente 55 anos, é uma mulher muito elegante, aparenta ser um pouco vaidosa, mas sem exageros. Em 2014 passou por uma depressão terrível que quase lhe custou a vida. No início de 2015, iniciou o tratamento psiquiátrico, cujos remédios logo a fizeram se sentir melhor, porém, foi o início de um novo e inusitado amor que a fez de fato melhorar significativamente. Depois de muita insistência, sua namorada, Ana, conseguiu com que Marta fizesse terapia para ajudar no tratamento; ela, entretanto, nunca conseguia falar de si nas sessões. O seu terapeuta, então, lhe sugeriu fazer gravações cotidianas com suas reflexões sobre o passado, o presente, enfim, sobre a vida. Marta, a princípio, ficou muito relutante com a ideia, mas, aos poucos, foi cedendo a essa possibilidade, principalmente devido aos apelos de Ana. Em setembro, depois de quase três meses, resolveu refletir sobre a sua história. Era sábado quando Marta se achou sozinha em seu confortável apartamento no bairro de Pinheiros em São Paulo; Ana não viria, já que estava trabalhando como fotógrafa em um evento. Então, Marta resolveu falar para o gravador, para isso tomou um banho demorado, colocou uma de suas melhores roupas, abriu uma boa garrafa de vinho tinto, e prometeu fumar, apenas, um ou dois cigarros. Embora estivesse se esforçando para parar com o vício, antes de conhecer a Ana, Marta fumava dezenas por dia. O texto que se segue é essa primeira reflexão de Marta sobre a sua vida; é certo que vieram outras, já que ela gostou da experiência e fez disso uma terapia à parte. Falar a ajudava a organizar o pensamento, a revisitar memórias e a analisar o seu passado com os olhos do presente. É uma pena que Marta não tenha envi-

ado as gravações para o seu terapeuta, poderia ser muito útil.

Quando as luzes acenderem, Marta estará em pé com um cigarro na mão esquerda, pela metade, e uma taça de vinho tinto na outra. O cenário é a sala de um apartamento, com um sofá, uma mesinha de centro ao meio, onde se encontra um celular, uma garrafa de vinho, uma carteira de cigarro e um isqueiro. Marta olha para os lados, indecisa, dá uma lenta tragada no cigarro e depois de um suspiro, coloca a taça na mesinha e pega o celular, mexe um pouco nele, o coloca de volta, pega a taça e senta-se no sofá.

Sou do tipo de mulher que nunca foi escolhida por nenhum homem. Sempre tomei a iniciativa; se olhasse e gostasse, ia lá até conseguir o que queria. E eu sempre conseguia! Modéstia à parte sou mestre em fazer isso, mas sempre de uma maneira muito discreta, de forma que, para a vaidade masculina, eram eles quem chegavam primeiro e tentavam me conquistar. Foram muitos anos assim, lidando com a vaidade e o coração dos homens, que são sempre pautados por um ridículo sentimento animalesco.

Tenta rir com o que acabara de falar. Pausa. Bebe um gole generoso de vinho.

Hã! É a vida... E o pior de tudo é que eu errei em todas as escolhas. Pode ter trezentos homens aqui, e só um não prestar. De olhos vendados, sou capaz de escolher justamente esse. *(Pausa, levanta-se).* Não, isso não existe! Não existem trezentos homens que prestam no mundo, os que mais ou menos prestaram eu conto com os dedos de uma mão. Ou seja, pode ter trezentos homens que não prestam aqui e eu, de olhos vendados, sou capaz de escolher o pior dentre eles. *(Senta-se novamente).* Houve um tempo em que eu achava que tinha um dedo podre pra escolher homem. *(Mostra o dedo indicador e ri).* Dedo podre? Lógico que não! Isso, apenas reforça a lógica machista de que a culpa é sempre nossa, ou nesse caso, do coitado do dedo. E, no fim, com aqueles trezentos homens que não prestam, no mínimo com duzentos e noventa, o dedo será muito útil... *(Gargalha)*. Afinal, é preciso gozar... *(Pausa)*. Pois bem, azar no amor...

Azar no amor, eu tive até cinco meses atrás. Depois disso, não escolhi, fui escolhida, e, desde então, vivo o maior e melhor amor da minha vida. Ela se chama Ana, é vinte anos mais nova que eu, fotógrafa artística, mas às vezes têm que fazer alguns bicos, como hoje em que está em um evento. Passamos poucos sábados juntas, mas eu não reclamo. *(Pausa)*. Vivi quase sessenta anos sem de fato ter sido amada.

Ficar falando assim, sozinha, para um gravador, foi ideia dela, quer dizer, do meu terapeuta, mas foi a Ana que insistiu tanto para eu ir na terapia, quanto para eu refletir sobre a minha vida. Não gosto de falar sobre mim. Meu passado, embora não me orgulhe de determinados fatos, também não me arrependo de nada. Todas as experiências são válidas e necessárias, por mais clichê que essa frase soe. Aprendi isso depois que comecei a me tratar com o psiquiatra.

Eu tive uma grave crise de depressão no ano passado. Eu sempre tinha esses momentos, em que eu ficava mais depressiva, porém, eles passavam depois de alguns dias, ou semanas. Mas a do ano passado foi terrível, começou em janeiro e até hoje estou em tratamento. Depois de mais de um ano terrível, convivendo com essa doença, eu procurei ajuda quando pensei em me matar. Em fevereiro desse ano, comecei o tratamento com o psiquiatra, em maio, eu conheci a Ana e deixei me levar pelo seu encanto, seu sorriso... *(Pausa)*. Foi a minha primeira experiência com outra mulher, e, se eu soubesse que era tão bom, tinha começado há mais tempo.

A Ana me salvou de várias maneiras... *(Chora)*. Eu sei que isso também soa muito clichê, mas ela me salvou de morrer sem me sentir amada, me salvou ao me proporcionar um relacionamento em que cumplicidade e intimidade andam juntos... *(Pausa)*. E me salvou da depressão, colocando um pouco mais de cor e brilho na minha vida.

Bem, mas hoje eu não quero falar sobre a Ana que tanto me faz feliz; quero falar sobre o meu passado, que envolve sofrimento, desilusões, *(Ri)* e loucura... Muita loucura! Tenho muita coisa para contar, que eu acho que, apenas, uma garrafa de vinho e *(Abre a carteira de cigarro)* esses poucos cigarros não serão suficientes para serem meus cúmplices até o final.

Até conhecer a Ana, tudo que eu mais queria era ser feliz. O mundo me achava alegre, extrovertida, sociável, realizada profissionalmente... Alguns acreditam que eu sou insuportável — com certa razão — e, por isso, ninguém me quis, e sou sozinha, já que Ana e eu ainda não nos apresentamos como um casal, pra mim o processo está sendo um pouco mais lento, eu sempre me julguei heterossexual, então... *(Pausa).* Se a adolescente que eu fui, me visse assim, com medo, provavelmente levaria uns bons tapas na cara pra aprender a não ter medo de nada e a bancar as próprias escolhas. *(Suspira).* Mundo machista! Creio que até o fim do ano eu já tenha resolvido isso e me permitido de fato viver plenamente a minha vida.

Levanta-se e se serve outra taça de vinho.

Dizem que aumenta a libido. Tive um namorado, o meu primeiro namorado, aliás, que era tão ruim de cama que eu transava com ele quase dopada de vinho, e ele nunca suspeitava, somente imaginava que eu era alcoólatra. Soube disso quando eu vi o telefone e o endereço do Alcoólicos Anônimos na porta da geladeira, e em baixo escrito: "quero te ajudar". Vá pra puta que o pariu! Peguei a caneta, rapidamente, e escrevi em baixo: "quer me ajudar? Então aprenda a trepar". Me arrependo, amargamente, de não ter visto a cara dele ao ler aquilo; juntei as minhas coisas e saí respirando a liberdade e mil e uma fantasias que minha mente desenhava e as tornava real demais para eu não acreditar que elas não pudessem se realizar. E eu tinha, apenas, quinze anos nessa época, eu acho.

Bem... aquele idiota foi o meu primeiro namorado e foi a melhor pessoa com quem eu me relacionei na vida até conhecer a Ana. Ele era todo correto, certinho, careta, na verdade. Era funcionário do Banco do Brasil, ou seja, o tipo de partido que todas as mães buscavam para as suas filhas naquela época. Esse ainda tinha um diferencial: morava sozinho, em um apartamento alugado, aqui no centro. Quando começamos a namorar, eu me mudei pra lá. Foram cinco meses de algo que eu poderia chamar de felicidade, se ele não fosse ruim de cama!

Com quinze anos, eu já tinha encontrado, pelo menos, uns três ou quatro homens bons de cama. Mas todas às vezes era uma coisa mais intensa, de pele, selvagem... Não envolvia amor! A primeira vez que eu fiz sexo com amor, ou melhor, com o que eu achava que era amor, foi com ele, com esse meu primeiro namorado, que levou o pé na bunda por querer me apresentar ao AA; foi com ele que eu descobri a importância das preliminares na hora do sexo. Entretanto, com ele só salvavam as preliminares! A língua era mais potente que o pênis!

Ele morreu, acho que já tem uns dez anos, coitado! Estava vindo de uma festa, bêbado, e o carro caiu numa ribanceira. Ele odiava bebida, acho que começou a beber depois que eu dei o fora nele. No começo eu fiquei me sentindo um pouco culpada, mas, depois de vinte minutos e duas taças de vinho branco, harmonizando com um bom macarrão, um bom queijo parmesão por cima, e um sincero brinde à sua memória, a culpa passou e não restou absolutamente nada, a não ser a saudade das preliminares!

Pausa. Bebe dois goles de vinho, vagarosamente, como se lembrasse das preliminares.

Isso pode parecer um pouco estranho, mas eu costumo acompanhar de longe a vida dos meus ex-namorados! Faço isso com todos os poucos que eu tive na vida! Considero somente os namoros sérios, aqueles que duraram mais de um mês, e não aqueles que vêm e vão e não deixam nada a não ser, quando muito, o orgasmo. É bom saber o que o ex está fazendo, com quem está fazendo, e, principalmente, se está sendo feliz. Não vou esconder que eu sinto uma alegria quase incontrolável quando vejo que alguns deles se deram mal no amor. Faz bem pro meu ego!

Acende outro cigarro e olha reflexiva para a fumaça.

É um vício nojento eu sei, mas eu estou tentando parar! Eu juro que, até o fim do ano, eu vou parar. *(Rindo).* Estou fazendo muitas promessas para o fim do ano! *(Pausa)*. A Ana odeia cigarro. Ela tem uma... como se diz, uma *vibe* mais voltada pra uma vida saudável. Disse a ela que eu não conseguiria parar de uma vez, que isso aconteceria aos poucos, mas que eu iria me esforçar bastante. E estou me esforçando. Eu fumava duas carteiras por dia, agora fumo uma a cada três dias. Por isso, eu acho que, até o final do ano, eu vou conseguir parar de vez. O problema é aceitar o corpo, que tá ficando mais fofinho... Não sei se são os antidepressivos ou a falta do cigarro.

Comecei a fumar com treze anos... *(Dá uma tragada longa e solta aos poucos a fumaça)*. O ano em que eu fiz treze anos foi o mais emblemático e problemático da minha vida: fiquei sozinha em casa, perdi a fé em Deus e a virgindade! Quando se perde a fé em Deus, acreditamos que podemos tudo, que não há punição; mas pior que Deus é a maldita consciência, que muitos chamam de ética. Hoje consegui readquirir a fé em Deus, só não consegui reaver a minha virgindade!

Tenta rir, mas logo fica séria.

Meus pais eram religiosos fervorosos de uma Igreja Protestante que fazia missões em vários lugares do mundo. Um belo dia, disseram que Deus os havia chamado para servirem no Canadá! Quiseram me obrigar a ir, eu disse que não iria. Discutimos! Eles tentaram me convencer de que Deus havia dito que era para eu ir também, mas Deus não havia me dito nada. Fiquei confusa, por pouco tempo! Fui radical, desde pequena era topetuda, e disse que não acreditava em Deus. Meus pais disseram que preferiam ter uma filha morta a ter uma filha sem fé! Para eles eu morri, me deixaram, foram pregar a palavra de Deus no Canadá e nunca mais voltaram!

Bem... *(Suspira)*. Mas, no mesmo dia, que meus pais me abandonaram e foram para o Canadá, eu fui pra calçada e chamei o primeiro homem que passou na rua. Ele tinha por volta de quarenta anos, se não me engano, era moreno claro, e trabalhava de pedreiro na casa da vizinha. Tinha um físico maravilhoso, um tórax bem delineado, mas trazia um cheiro forte de suor, misturado a desodorante vencido e a fumaça de cigarro barato. Perdi a virgindade, ele se foi, mas antes prometeu voltar no outro dia. Nunca mais abri a porta pra ele; três dias depois, eu acho que ele se cansou e nunca mais apareceu. A partir daí, sozinha no mundo, e sem fé, comecei a exorcizar os meus demônios!

Treze anos e nenhum juízo, e isso em setenta e três. Quem viveu aquela época sabe o quanto as liberdades tão desejadas por nós poderiam ser prejudiciais à vida de qualquer adolescente que, há pouco, havia descoberto o sexo, e estava a um passo das drogas e do *Rock And Roll*. Não foi exatamente nessa ordem que as coisas ocorreram. Primeiramente veio o Rock, depois as drogas. Eu era louca! Completamente louca! E como eu tenho saudades dessa época!

Para desgosto dos meus pais, eu amava Rock, era fã dos Mutantes, dos Rolling Stones, mas eu gostava mesmo era da Janis Joplin; eu tinha dez anos quando ela morreu em 1970, mas só fui ficar de luto três anos depois quando realmente eu me tornei fã. Pelo menos, a minha geração pode bater no peito e dizer que tinham músicas de qualidade para ouvir, seja Rock, MPB, Bossa Nova... e não essas coisas horrorosas, comerciais e descartáveis de hoje.

Mesmo longe, os meus pais me mandavam dinheiro todo mês, por meio de uma vizinha, que também era da Igreja. Ela comprava comida e pagava as despesas como água e energia elétrica. Mas não me dava nenhum centavo sequer. Nunca fui com a cara dela, nem me lembro mais como se chama, ou como se chamava — já deve ter morrido há muito tempo! —, mas é provável que era menos feia e mais humana do que a forma como ficou gravada em minha memória.

Ela ficava de olho em tudo que eu fazia, em todas pessoas que entravam em casa, e em quanto tempo ficava fora, quando saía. Um dia, no vão do Masp, eu encontrei, por acaso, aquele que seria o meu primeiro namorado, o do Banco do Brasil. Saímos à noite, e, na semana seguinte, já estávamos namorando. Saí de casa no outro dia e fui morar com ele, menos por amor e mais para me ver livre da vigilância da vizinha intrometida.

Aluguei a casa durante o período que fiquei no apartamento

dele, e, nesse intervalo, meus pais não me mandaram nada. Pelo menos, era isso que a vizinha dizia, embora eu sempre duvidasse disso. No íntimo, eu acho que ela roubava a minha mesada.

Quando eu me separei, eu voltei para minha casa, e a mesada foi reativada. A partir daí, eu vivi o período mais intenso da minha vida. Me enturmei com um grupo de amigos loucos e fui apresentada às drogas. Experimentei todas, e acabei ficando somente na maconha.

Um dia os meus amigos pararam na porta da minha casa numa van. *(Gargalha).* — numa van verde abacate. Era horrível! — E a intenção era ir para Iacanga, no interior, que ia sediar um festival de nome "Festival de Águas Claras", se não me engano, que pretendia ser um "Woodstock brasileiro". A coisa toda aconteceu numa fazenda, tal como no festival norte-americano, e reuniu muita gente. E o que é melhor, muita gente doida. Era 1975, eu tinha 15 anos e acabado de terminar o meu relacionamento.

Serve outra taça vinho.

O slogan "sexo, drogas e rock and roll" foi levado muito a sério. Era o auge do movimento hippie aqui no Brasil, e também da Ditadura Militar. Eu acho que aquela filosofia de vida funcionava mais como uma válvula de escape daquele mundo repressivo e violento que nos cercava. Era como na música do Geraldo Vandré, a gente tentava vencer o canhão com as flores. Por outro lado, essa negação de tudo não nos tirava o nó na garganta e nem a consciência política, pelo menos no meu caso.

O festival foi muito bom, teve várias bandas maravilhosas. Eu me lembro da apresentação marcante do Jorge Mautner, e também dos Mutantes, claro!, que era a encarnação de todos os nossos sonhos.

Lá eu conheci três mulheres muito doidas, que, depois, vieram se tornar grandes amigas, que cismaram que a minha voz era muito bonita e que era justamente a voz que elas procuravam para formarem uma banda de rock. De tanto insistirem, eu resolvi entrar no grupo. Era uma banda feminina, e feminista, que fez relativo sucesso na cena alternativa aqui em São Paulo. Eu fui muito feliz nessa época, tentava imitar a Janis Joplin de todas as formas, usava uns óculos quase igual aos dela, e procurava comprar roupas parecidas. Ela já havia morrido, mas continuava sendo a nossa inspiração. *(Pausa)*. E, para o desespero da minha vizinha, que vivia a reclamar do barulho, os ensaios da banda ocorriam em casa, e as meninas chegaram a morar comigo certo tempo.

Ficamos dois anos na ativa, dos meus quinze aos dezessete, e a banda somente acabou por causa das drogas. Usávamos muita droga, e, enquanto eu ficava só na maconha, as meninas usavam cocaína, heroína e até mesmo ácido, o famoso LSD. Certa vez, quando faríamos um show num barzinho na periferia, a baterista da banda, por causa de uma decepção amorosa, resolveu misturar todas as drogas disponíveis. Resultado: ela caiu morta no meio do show.

Fomos presas, os milicos nos fizeram muitas perguntas, nos bateram, e eu só fui liberada no mesmo dia porque era menor. Fui levada para casa num camburão e fui recebida pela minha vizinha, que, como sempre, estava na calçada a espera de alguma desgraça ou de algo que lhe chamasse a atenção. A mesada acabou no mesmo dia. Dois meses depois, ela me entregou um envelope dos meus pais, com os documentos que me emancipavam, e também a escritura da casa, dizendo que eles nunca retornariam e, a partir daquele momento, era para eu me virar.

E eu me virei. Da pior forma possível. Aluguei a casa e saí vagando atrás de drogas e de amigos que eu não tardei em encontrar. Vivi assim dos dezessete aos vinte e um anos, morando com um grupo de loucos, acho que éramos cinco, em uma casa bem velha. Todos usavam muita droga, e eu ali firme na maconha. *(Pausa)*. Eu lembro que, na primeira vez que eu fumei um baseado, não gostei não, mas, na segunda tragada, aquilo já havia mexido comigo; de tal forma, que, na terceira, já queria mais.

Hoje só raramente uso maconha, e Ana nem sabe disso ainda. *(Gargalha)*. Mas naquela época usava diariamente. Não sabia como conseguia aquilo, era muita repressão, mas o certo é que podia faltar comida, menos a tal da maconha. Nos momentos em que estávamos "viajando", nos abraçávamos, e não me lembro bem, mas é possível que houvesse muito sexo. É possível, também, que vivêssemos felizes daquela forma.

Embora vivendo com um grupo hippie, usuários de drogas, pregando um mundo livre de paz e amor, transando com todos indistintamente, eu via com certas ressalvas, ou melhor, com muito preconceito, a relação entre duas mulheres. Achava esquisito, recebi muita cantada, mas nunca me deitei com nenhuma. A Ana foi a primeira. *(Pausa)*. Se eu tivesse tentado lá atrás, tinha me livrado de muita decepção, ou não, né? Vai saber... *(Pausa)*. Como eu falei, éramos cinco pessoas, dois homens e três mulheres. Eu namorava com um deles e o outro namorava as outras duas, que também se namoravam e, às vezes, ainda chamavam meu namorado. Eu nunca fui, mas permitia...

Eu me lembro de que uma vez tinha acabado o papel pra enrolar o cigarro. Não tinha papel na casa, a não ser a da minha Bíblia, que eu guardava como lembrança dos meus pais, com aquelas folhas finíssimas, perfeitas para fumar maconha. Nesse período fumamos quase a Bíblia inteira. Só conservei os quatro evangelhos, já que considerava que fumar Jesus era inadmissível; ainda conservava um pouquinho de ética cristã. *(Gargalha)*. O Velho Testamento foi um pouquinho pesado... Agora, as melhores viagens foram com o Apocalipse. Cheguei a me sentir como um dos quatro cavaleiros. *(Séria)*. Bem, brincadeiras à parte, o certo é que eu deixei aquela vida, aos vinte e um anos, por causa do meu namorado filho da puta.

Ele era o que mais usava, e só era tolerado, porque era ele quem arrumava a droga. Tinha contato com os traficantes, que entregavam em casa, além de que era ele quem pagava a coisa. E ele se interessou por mim, e isso não foi recíproco, mas, já que o que estava em jogo era interesse e não amor, fiquei com ele. Foi a única exceção que abri em relação a ser escolhida. E, naquele contexto, por incrível que pareça, ele me salvou e eu o salvei! Só Deus para explicar essas coincidências da vida.

Fumávamos o Apocalipse quando ele, muito doido, me puxou para o quarto e quis transar. No início não aceitei, mas ele insistiu e, então, fomos. No meio da transa, ele ficou mais doido ainda e passou a gritar e a gemer feito um porco. Achei que ele estava possuído, ou que, talvez, tenha usado algo a mais, o que eu tenho quase certeza que ele fez. O fato é que, nesse acesso de fúria, ele me bateu muito. Nunca havia sido tão agredida assim em toda a minha vida. Eram agressões gratuitas, sem sentido. Ele, muito mais forte que eu, me bateu até que eu desmaiei.

Acordei, no outro dia, com todos ao meu redor, e ele chorando arrependido. Disse que nunca mais usaria drogas. Eu juntei as minhas coisas e dei o fora; não sem antes planejar a minha vingança. Levei comigo, escondida, uma chave da porta e uma faca bem afiada. Voltei para a minha antiga casa, que, por coincidência, não estava alugada, de olho roxo, dignidade no lixo e um dente da frente quebrado — esse aqui é um pivô, mês que vem, vou fazer um implante, já que, caso vá para a UTI, é a primeira coisa que eles tiram, e, além de você estar numa situação deplorável no hospital, ainda ter de ficar sem os dentes é demais.

Quando retornei para minha antiga casa, joguei o restante da Bíblia no sofá, tomei um banho, passei muita maquiagem para disfarçar os hematomas, e esperei, pacientemente, a madrugada chegar. Então, tomei um táxi, e voltei àquela antiga casa escondida. Todos estavam dormindo. Fui até o quarto daquele desgraçado, que me agrediu, bati na cabeça dele com o ferro de passar e ele desmaiou. Peguei a faca e o retalhei. Não, eu não o matei. Apenas o fiz sangrar bastante. Eu cortei o corpo dele todo, não muito profundo, inclusive o rosto. Depois, saí escondida como se nada tivesse acontecido.

Serve-se outra taça de vinho. Pausa.

Hoje o desgraçado é Pastor de uma grande Igreja Evangélica, cujos programas passam na televisão. Outro dia, passeando pela maldita programação da TV aberta, o vi pregando em um púlpito. Parei para assistir. Ele contava a sua história, ou melhor, dava o testemunho, que é como eles falam. Disse que vivia em pecado e que era um drogado, que chegou a fumar maconha com as folhas da Bíblia, e que, por isso, um dia, o Satanás o encontrou, o abraçou com as suas garras afiadas, e retalhou o seu corpo inteiro. Nesse momento ele tirou a camisa para dar um tom mais dramático, e continuou dizendo que, quando estava a brigar com Satanás, ele se arrependeu de tudo que fez e pediu que Deus tivesse misericórdia dele. Nesse momento os gritos de "aleluia" o interromperam. E eu ri escandalosamente. Eu o havia convertido! Eu era o Satanás que ele inventara para justificar o corpo retalhado, já que ele nem chegou a se mexer e ninguém havia me visto.

No dia seguinte, ao que voltei para minha casa, a minha vizinha veio me dizer que meus pais haviam morrido há dois meses, e que não sabia onde eu estava para me dar a notícia. Eles foram vítimas de um psicopata que estava no meio do grupo que eles evangelizavam. Eu fiquei muito triste, ainda mais porque a minha vizinha falou que os meus pais se lamentavam por terem uma filha como eu, que eu dava muito desgosto, dentre outras coisas que eu não me lembro, mas que na época me doeram muito.

Quando a minha vizinha saiu de casa, eu prometi a mim mesma que mudaria. Mudaria pela memória dos meus pais, mudaria para me tornar uma pessoa melhor e que tudo isso que havia acontecido na minha vida me fortaleceria de alguma forma. *(Pausa para uma tragada).* A primeira providência foi retomar os estudos. Terminei o básico, fiz um curso técnico em contabilidade e comecei a trabalhar na área, pela qual eu tenho grande paixão. Continuei os estudos e passei em uma seleção para o Governo do Rio de Janeiro, para trabalhar na parte fiscal.

Vislumbrei aí a chance de mudar radicalmente de vida. Vendi a minha casa aqui em São Paulo, me mudei para um pequeno apartamento no Rio, no Catete, e tomei posse no cargo. Tirei os primeiros meses para me situar na nova cidade, onde me adaptei facilmente, e, também, para focar no trabalho. Eu queria, primeiramente, estar em paz comigo mesma... Depois, queria formar uma família. Eu já estava com vinte e cinco anos, e o instinto materno falava muito alto. Então, eu me permiti me apaixonar. E aquele era o momento. Mas também, naquele momento, e como em todos os outros, eu escolhi o homem errado.

Eu me lembro de que nos conhecemos em um bar em Copacabana, se não me engano na Barata Ribeiro. Ele me perguntou se poderia se sentar comigo, e, já que eu estava sozinha, deixei. Ele era um pouco mais velho que eu, acho que devia ter uns trinta a trinta e cinco anos, e me disse ser solteiro, sem filhos, cheio de vida e no início da carreira. Era o tipo de homem que encantava as mulheres, fala suave, mas segura, e olhar penetrante, daqueles que desnudam qualquer corpo.

Ficamos seis meses juntos. Foram seis meses maravilhosos, em que eu tive a certeza de que era com ele que eu queria ficar o resto da minha vida. Mas, num belo dia, em um motel de quinta categoria, ele me disse que havia mentido. Ele era casado, pai de duas filhas, além de ser um empresário bem-sucedido do ramo da construção civil, e com planos políticos.

Eu apenas chorei e disse que estava grávida. Recebi dois tapas na cara, além de vários insultos. Prevendo o que poderia me acontecer, eu disse que eu sumiria do Rio de Janeiro, e que ele nunca mais me veria. Mas que eu queria, por tudo, criar aquela criança. Ele, impassível, me pegou pelo braço e mostrando a sua face mais violenta, me jogou no carro e me levou a uma clínica em Botafogo. Eu me lembro que ele conversou com o médico, e, diante da recusa inicial, ele jogou um cheque na sua cara e o "doutorzinho de merda" consentiu em fazer o aborto.

Eu me debati, chorei... nesse momento eu devo ter sido anestesiada, acordei deitada numa cama, com ele a me olhar, como sempre, de forma penetrante. O "doutorzinho de merda" não contentou em tirar somente a criança e me tirou o útero. *(Chorando).* E pra completar o idiota me disse que, se alguém ficasse sabendo daquela história, eu morreria. Saí do Rio e voltei pra São Paulo, com o sonho da maternidade, morto e enterrado, igual ao feto, que eu não tive a oportunidade de ver. *(Suspira).* Hoje esse meu ex é um Deputado Federal, que anda sempre metido em maracutaia, e é um defensor radical da família tradicional cristã, dos bons costumes, além de promover todos os anos lá no Rio uma passeata contra o aborto. *(Ri nervosa e suspira).* Puta que pariu! Uma passeata contra o aborto... *(Suspira melancolicamente).* A favor da vida.

Três anos atrás, eu fui em uma dessas passeatas somente pra ver a cara dele. Ele me viu, me reconheceu, e colocou o dedo indicador nos lábios, em tom ameaçador, como se dizendo para eu não falar nada. Eu saí correndo ao ver tanta crueldade naqueles olhos, que eu um dia julgara cheios de ternura. Ainda escutei parte do seu discurso hipócrita em cima do trio elétrico, com aquela mesma voz suave, mas segura, e que tanto havia me deixado encantada.

Eu só lamento não ter me vingado dele e nem do "doutorzinho de merda". Pela primeira vez na minha vida, eu senti medo... Um medo mais brutal e violento do que quando eu fui presa. Era um medo que dava aquele nó na garganta, comprimia os órgãos internos, atrofiava os nervos e a voz saía como um gemido. É aquele medo de autodefesa, autopreservação, de instinto mesmo. É o medo da impotência, da perda e da dor por constatar que ela não volta.

Não tive filhos e, como nunca me casei, não era nem chamada pela assistente social da fila de adoção. Tentei por muitos anos. E, assim, o meu sonho de ser mãe acabou. Às vezes, eu fico imaginando se o meu filho fosse vivo. Como seria a minha vida agora? Fico imaginando o seu sorriso, os seus olhos, e, por fim, quão aconchegante não seria o seu abraço. *(Chora).* E teve vários momentos na minha vida em que o que eu mais precisava era de um abraço. Mas, infelizmente, para mim, sempre faltaram braços acolhedores para eu chorar. Foi preciso ser muito forte para conviver com a solidão e suportar a mim mesma.

Pausa longa, limpa os olhos e acende outro cigarro.

Se fosse menina, ela iria se chamar Jane. *(Ri).* Óbvio! Se fosse menino, iria se chamar Johnny, que era o nome de batismo do Jimi Hendrix. *(Pausa, suspira).* Tenho certeza de que a melhor parte de mim se foi naquele dia, naquela clínica em Botafogo...

Falar disso me deixa muito revoltada. Ninguém sabe esse peso e essa dor que eu carrego no peito. *(Pausa).* É que eu me sinto tão exposta falando... É como se eu ficasse nua, não apenas na carne, mas que aflorasse todos os meus sentimentos. *(Balança a taça de vinho e suspira várias vezes).* Talvez um dia... Talvez, não! Da mesma forma que eu estou conseguindo falar isso para mim mesma, quero, o mais breve possível, também contar isso para Ana. Eu me sinto tão segura, tão protegida e tão amada ao seu lado...

Bebe todo o resto do vinho da taça em um único gole.

Por hoje, chega!

Marta coloca a taça na mesinha, pega o celular, senta novamente no sofá e continua fumando calmamente.

Pano.

Primeira versão: Goiânia, 05 de abril de 2016.
Segunda versão: Goiânia, 07 de maio de 2020.

O VELHO BAÚ

Dizem que Maria da Luz tem mais de oitenta anos, mas, devido a um avançado Mal de Alzheimer, ela só se lembra, quando muito, dos trinta primeiros. O resto, assim como a maior parte do seu dia, é silêncio, que é quebrado nos intervalos entre um cochilo e outro, ou, quando a família, que ela não reconhece mais, a procura no seu quarto. É nesse cômodo que ela passa a maior parte do seu dia, saindo de pouco em pouco, se sentindo prisioneira e lamentando a ausência das filhas, que ela, ainda, crê serem crianças. De toda a sua vida, o único ponto de referência do seu passado é um velho baú de madeira feito pelo bisavô. Quando o vê, Maria da Luz se acalma e lamenta a vida que acredita que não viveu, já que a imagem que o espelho lhe oferece é diferente do que a sua mente projeta. Maria da Luz, quando jovem, queria conhecer o mundo, e agora lamenta não se lembrar nem da casa em que vive. Era Professora Primária e ensinou uma infinidade de crianças a ler e a escrever. Após a aposentadoria, houve o agravamento sistemático da doença. Maria da Luz vive, há muitos anos, nas minhas ideias para projetos literários. O meu contato com familiares, que sofrem ou sofreram essa doença terrível, fez a personagem ganhar outras camadas, que, infelizmente, não consegui enfeixar numa única narrativa, mas que serão desenvolvidas em outras oportunidades.

O cenário é um quarto. Ao lado esquerdo, há uma cama, um criado-mudo com três gavetas e em cima deste uma jarra com água e um copo. Do outro lado há uma cadeira de balanço de madeira. Quando as luzes acenderem, Maria da Luz estará sentada na cama.

Todos os dias, quando eu acordo, eu me pergunto: por que, meu Deus, eu ainda não morri? *(Lamenta).* Tudo seria muito mais fácil!

Abre a gaveta do criado-mudo e retira várias caixas de remédios e joga na cama. Senta-se na cama e começa a pegar um comprimido de cada caixa. Coloca todos eles na mão.

Eu não sei que dia é hoje da semana, nem do mês... do ano eu ainda me lembro, eu acho... *(Pausa).* Eu sei que o tempo e os dias passam pelos remédios que eu tomo, as cartelas vão ficando vazias... *(Pausa).* E, como são muitos remédios, presumo que, também, são muitos dias.

Eu nem me reconheço mais. Olho no espelho e a imagem que eu vejo é outra, como se a minha mente não conseguisse me perceber agora. *(Levanta-se).* Isso não é vida, meu Deus! Não é! Eu me lembro de tudo da infância, adolescência, até quando as minhas meninas estavam crescendo. Mas agora eu não me lembro mais de nada. É como se eu não tivesse vivido a vida que a idade refletida no espelho sugere que eu tenha vivido. Parece que eu dormi e nunca acordei, ou acordei agora e não sei quem eu sou.

Enche um copo com a água de uma jarra que está em cima do criado-mudo. Senta novamente na cama. Olha triste para o copo d'água em uma mão e os remédios na outra.

Já nem sei mais para quê servem. Tenho tantas coisas, diabetes, labirintite, sopro no coração, intestino preso, problema de coluna, dificuldade nos rins... *(Levanta nervosa).* Ah, e ainda tem o entojo da que se apresenta como a Margarida, que vive dizendo que eu tenho problema na cabeça, que vivo esquecendo tudo. *(Alto).* Mentira dela! Da cabeça eu sempre fui boa, e ainda continuo sendo. Eu me lembro de tudo que eu vivi, só não me lembro de uns anos para cá. Tudo tão confuso, tão nebuloso, parece que a vida foi ficando mais cinza. *(Alto).* Mas o que importa é que eu sou lúcida! Lúcida!

O problema é essa vida que eu levo, que muito me angustia! Não tenho mais prazer em nada, eu me sinto invadida o tempo todo. Eu vivo cercada de gente que eu não conheço, mas que fingem grande intimidade para comigo. A verdade é que eu não sei onde eu estou. Cada dia parece que eu acordo em um lugar diferente. Tomo os remédios, que ficam aqui dentro do criado-mudo, e depois eu espero pelos momentos que se cumprem religiosamente como um ritual: hora do café da manhã, hora do lanche, hora de ficar um pouco no quintal tomando sol, hora do almoço, hora do lanche da tarde, hora de tomar banho, hora do jantar, hora de dormir, hora de acordar... Não vejo mais nenhum sentido nisso. É bem provável que, se a mulher que eu fora visse agora essa em que me tornei... *(Pausa).* Não sei bem, mas parece que ela não se reconheceria. Eu também não me reconheço.

Senta-se na cadeira de balanço.

Às vezes eu olho esse lugar e meu coração chega aperta de susto e receio. Não me lembro de nada! Depois me lembro, vagamente, de alguns móveis. Essa gente estranha que vive comigo diz que eu sempre me lembro dos móveis antigos. Mas não são antigos coisa nenhuma, eu me lembro deles novos, a exceção de um baú grande de madeira de lei que meu bisavô construiu e trouxe em cima de um carro de boi lotado de pertences da família quando se casou com a minha bisavó.

Brinquei muito em cima desse baú, que já era antigo quando eu nasci... Imagina agora que dizem que eu tenho pra mais de oitenta! E esse baú está aqui nessa casa onde eu vivo. Não sei o que ele passou durante todas essas décadas, mas eu sei que ele está aqui comigo. E isso me conforta muito, pois, quando eu acordo e não me lembro de onde estou, sempre vou até a sala e fico aliviada de vê-lo ali parado ao canto esquerdo, hoje, com uns forrinhos de crochê muito mal feitos em cima. *(Nervosa).* E ainda dizem que fui eu quem fez os malditos forrinhos!

Levanta da cadeira rindo.

Vejam só como mentem para mim! Eu não sei fazer crochê, nem bordado e nem engomar roupa... Não sei! Mamãe quis porque quis me ensinar e eu quis porque quis pirraçá-la a ponto de não querer aprender. Vovó sempre vinha e colocava panos quentes, dizia que era assim mesmo, que nem todas nasciam para cuidar de casa. E eu ficava muito da satisfeita vendo mamãe abaixar a cabeça para mãe dela enquanto me olhava com olhos ameaçadores. Minha irmã mais velha sim, essa era dada a essas coisas de casa. Mas eu não! *(Imponente).* Eu tenho só doze anos! Meu Deus, o que se pode esperar de alguém de doze anos? Eu não quero afazeres domésticos, quero ler, quero viajar, quero, se possível, ser professora. *(Suspira).* Igual a dona Hilda.

Dona Hilda sim era um exemplo de mulher! Viajava a cavalo aqui para o grupo escolar ainda de madrugada, provavelmente a hora que nós acordávamos também. Antes de eu acordar, minha irmã mais velha e um irmão que regulava na idade comigo já estavam de pé. Tinham que ajudar o papai no curral, para tirar o leite da vaca. Quando eu acordava, já tinha leite tirado e café coado. Acho que era o cheiro do café que me despertava. Ainda hoje, nem sei quanto tempo passou disso, posso estar dormindo o quanto for que é sentir o cheiro do café que eu acordo. Se bem que isso que eles me servem pela manhã, só com muita boa vontade pode ser chamado de café. É um trem ralo, mal coado e sem nenhum pingo de doce. Mamãe sempre colocava uns pedacinhos de açúcar, não esse açúcar branco, mas um açúcar bem amarelo, amarelo bem ocre, que fabricávamos em torrão uma vez por ano quando juntava todo mundo para moagem da cana.

A cana! Há quanto tempo eu não bebo um copo de caldo de cana com limão e gengibre? Eu acho que há muito tempo. Hoje, quando eu peço, falam que eu não posso, que eu estou com a maldita diabetes descontrolada, que, se eu tomar, eu posso entrar em coma e até morrer. Meu Deus, é tudo que eu quero! Entraria em coma e morreria feliz bebendo um copo de caldo de cana. O problema é que nem sair eu posso. Eu me sinto uma prisioneira nessa casa. Nem na escola eu me sentia assim.

Pausa.

Que maravilha era a escola da minha época! Quem me ensinou a ler foi uma professora maravilhosa, seu nome era Hilda, mas nós a respeitávamos tanto que só a chamávamos de dona Hilda. Ela, sim, era um exemplo de mulher, chegava cedinho no grupo escolar, montada em seu cavalo preto mansinho, mesmo morando em uma fazenda muito longe do grupo. Eu só me lembro de, duas vezes, que ela faltou à aula, e ambas por causa de uma tempestade tão grande e tão forte que levou a pinguela embora. Sem a pinguela, como atravessar o córrego? Dona Hilda tinha muito medo de ser levada pelas águas e morrer afogada. Ela, sempre, nos dizia que era a pior morte, já que quanto mais você luta por mais sofrimento você passa.

Eu sempre ficava ansiosa pelas histórias da dona Hilda. Eram histórias que sempre traziam algum ensinamento. Não só eu, mas todo mundo da sala esperava o momento da história.

Olha perdido para o nada, rindo, como se tivesse vendo novamente a sala de aula.

A sala de aula! A nossa sala de aula não era grande, tinha só umas dez carteiras. E, cada uma delas, era dividida por dois alunos sempre do mesmo sexo. Na sala, os meninos ficavam de um lado e as meninas do outro. Era só uma sala, só uma professora, a dona Hilda, e alunos de todas as idades. Todo mundo aprendendo o bê-á-bá. Não tinha essa de mudar de ano, todo ano era a mesma coisa, mas a dona Hilda se esforçava para nos ensinar coisas diferentes. Até hoje eu não sei como ela administrava aquilo tudo. Eram muitos alunos, todos filhos de pequenos proprietários rurais ou de lavradores simples que moravam na fazenda dos outros, como era o meu caso.

O grupo escolar ficava na propriedade do homem mais rico da região, um tal de Seu Antero. Morávamos nas terras dele, e papai dividia com ele o que conseguia produzir no seu pedacinho, além de trabalhar pra ele de sol a sol. O seu Antero construiu a sala para que os filhos dele, também, pudessem aprender a ler e a escrever, embora, na época, falava-se que ele não levava muita fé no ensino e não via aquilo como útil pra gente que era pobre, já que ler e escrever tinham só uma finalidade: escrever o nome. Daí imagina-se o quanto esse sujeito não devia ser ignorante. Mas todos, naquela época, lhe devíamos respeito e gratidão. Quando ele vinha conversar com o papai, eu ficava com muito medo, já que ele usava só roupas escuras, até mesmo em dias santos e feriados, além de um chapéu que lhe deixava medonho. Então, quando ele aparecia na encosta do morro, segurando as rédeas do seu alazão, que, antes parecia desfilar do que trotar, eu corria para dentro do baú feito pelo meu bisavô e ficava lá até ele ir embora.

Meus pais diziam que eu era bichinho do mato, que gostava de me esconder, embora eu sempre o ouvia perguntando por mim. E, quando ele falava meu nome, eu me tremia toda. Mas, como devíamos respeito a ele, nunca contei pra mamãe o motivo de eu me esconder dele: eu tinha muito medo pela forma como ele me olhava, de modo sorrateiro, mordendo a parte esquerda inferior do lábio... Sempre tive uma coisa de que aquilo não era certo. E não era mesmo.

Mas, graças a Deus, logo nos mudamos dali. O senhor Antero arrumou uma quizila com o papai. Ambos se acusavam de passar a perna no outro quando foram dividir a produção. Então, no dia seguinte, e eu devia ter os meus dez anos, montamos num velho carro de boi, colocamos nele o que tínhamos e viemos para cá, hoje cidade grande, mas, naquela época, pequenininha. Parecia uma currutela, dessas que têm na beira das estradas e que é só espera e desolação.

Pausa. Fica pensativa.

Bonito isso que eu falei: espera e desolação. Eu falava de quê mesmo? Ah, sim, das currutelas, mas bem que poderia se empregar a minha vida, que tem se resumido somente nessas duas coisas. Eu espero a morte e, enquanto ela não vem, fico desolada, e me sentido extremamente violentada por tudo que tenho passado. Vim parar aqui nessa casa, que eu não sei de quem é, estou cercada de gente estranha, que me olha com olhar de piedade e me trata como se eu fosse uma criança. Daqui uns dias, eu faço as necessidades na roupa só de pirraça para ver se eles vão me tratar como criança também, me limpar... *(Rindo).* Só não faço isso, porque são capazes de colocar fralda em mim. *(Faz o sinal da cruz).* Deus me livre e guarde! Aí era só o que me faltava mesmo! Se Deus quiser, ele vai me levar antes de uma desgraça dessas acontecer.

Senta-se novamente na cadeira de balanço.

Uma das coisas que eu odeio aqui nessa casa é que todo mundo fica me importunando, dizendo que eu durmo o dia inteiro. Deus é testemunha de que eu não durmo, vivo cansada a suspirar pelos cantos sem nada de útil para fazer. Mas, toda hora, quando vem me chamar para o café, para o lanche, para o banho de sol, para o almoço, eu estou pensando na vida de olhos fechados e eles acham que estou dormido.

(Indignada). Se eu dormisse mesmo, eu até concordaria, mas o problema é que eu não durmo, principalmente na volta do dia, já que tenho medo de entrarem aqui e fazerem ruindade comigo. Não conheço essa gente, cada dia vem um diferente. Parece uma pousada isso aqui. Mas, pelo menos, me tratam com o mínimo de respeito, já que sempre pedem a benção e como eu não sou de fazer pouco caso com as coisas sagradas, então eu lhes dou a benção.

Caminha até a cama e junta as caixas de remédios e os guarda na gaveta do criado mudo. Senta novamente na cama.

E foi assim que eu vim parar nessa cidade. Mas a casa não era essa. A casa onde eu morava com meus pais, a vovó e meus irmãos era bem pequena, mas foi crescendo aos poucos, à medida que nós fomos trabalhando, as coisas foram melhorando e a casa foi ficando do nosso jeito.

E eu encarei os estudos, no mesmo afã que minha mãe almejava que eu tivesse com as coisas da casa. Mas eu sou diferente da Das'Dores, minha irmã mais velha. Eu sou a Da'Luz, a Maria que não queria ficar em casa e nem ser governada por homem nenhum. A Maria, ainda moça, que cultivava o sonho da liberdade. *(Triste).* Pra hoje ter de se contentar em ser prisioneira em casa alheia. Que decepção eu causaria em mim mesma.

Por mais que eu me esforce para conseguir compreender qual a estrada errada que peguei, eu não me lembro. Mas eu me lembro sempre que a vovó me dizia que, qualquer estrada que se pegue na vida, ela sempre vai terminar a sete palmos embaixo do chão. E ria, como a rir de algo muito engraçado, enquanto eu achava que a vida não podia se resumir, apenas, à morte, que era necessário viver intensamente, aprender o que puder e conhecer o mundo, para que, quando a morte chegasse, ela tivesse um significado maior que simplesmente a ausência. *(Chora)*. Meu Deus, por que eu ainda estou viva? Como os pensamentos da mocidade ainda ecoam na minha cabeça e me torturam mais ainda! Hoje eu entendo a vovó perfeitamente. Coitada! Ela sempre almejava a morte e viveu muito...

(Pausa). Bem... eu acho que viveu muito! Não me lembro de quando ela morreu. Só me lembro que, naquela época, a vovó era tudo que eu não queria ser, ela era conformada, e minha mãe era igualzinha, sem tirar nem pôr... *(Pausa)*. Qual foi a expressão que eu usei agora há pouco e que me espantou pela beleza? Meu Deus, minha cabeça já não presta! Mas, graças a Deus, eu sou lúcida, por isso, não reclamo muito não desses pequenos esquecimentos. *(Pausa)*. Mas como foi mesmo a expressão? Eu estava dizendo algo, se não me engano, sobre as currutelas, então... Então eu disse... *(Lembrando-se, animada)*. Ah, sim, eu disse: espera e desolação. Essa era a minha avó. Tudo nela se resumia a isso e, também, a rezar o terço religiosamente às seis horas da tarde. Hora da Maria, mas não de qualquer Maria, como eu aprendi desde cedo, já que todas as mulheres de casa: vovó, mamãe, minha irmã e eu tínhamos esse nome, e sim da maior das Marias, de Nossa Senhora. E tínhamos de rezar ajoelhadas, claro!, como mandava a boa educação. *(Pausa)*. Ainda bem que aprendi a rezar o terço, hoje me distraio na reza, já que tirando isso eu só tenho por diversão a leitura.

Eu gosto muito de ler... Leio de tudo, romance, poesia, enciclopédia... De tudo mesmo! Lá em casa, só eu gostava de ler, meus irmãos não desenvolveram essa paixão. Eu gosto muito dos livros. Eu tinha um monte de livros, uma prateleira imensa, que ficava no meu quarto. Sempre que ia para cama, levava um comigo pra me fazer companhia até a hora que o sono chegasse... Nunca fui fã de carneirinhos e sempre preferi ler a ficar a contá-los... *(Ri nervosa e logo em seguida entristece. Pausa)*. E agora nem meus livros eu tenho mais. Não sei o que fizeram da minha imensa prateleira. De vez em quando, de tanto eu implorar, me dão alguns livros, mas eu logo os leio e aí eu perco interesse. E fico eu sempre na expectativa de novos livros... Fico sempre na espera...

Isso! *(Lembra do assunto anterior).* Vovó era assim também: espera... casou aos onze anos, depois de se esgueirar no curral pra ver seu pai conversar com um moço que vinha de longe e pedia um pouso. No outro dia, esse moço falou que tinha interesse nela, pediu ela pro meu bisavô, ele consentiu e ela se foi, levando consigo o baú de madeira que ele tinha feito quando se mudaram praquelas terras. Quatro anos depois, ela voltou, com mamãe no ventre, viúva, em um carro de boi com todas as coisas que ela tinha dentro do baú. Foi morar, novamente, com os pais, nunca mais se casou e depois que eles morreram foi morar conosco. Quando ela chegou, eu já tinha bem uns cinco anos... e foi a mulher mais interessante que eu já conheci até hoje. Vovó me entendia como ninguém, nos falávamos com o olhar, enquanto mamãe matutava o porquê de tanta cumplicidade. Ela foi a única amiga que eu tive.

"A única" é modo de dizer, acho que a mais próxima. Eu tive algumas amigas no colégio e no magistério, que eu fiz para poder realizar o meu sonho de ser Professora, igual a dona Hilda. Meus pais ficaram muito orgulhosos, ainda bem, já que foi muito tempo e discussão para convencê-los. Meus pais diziam que moça direita ficava em casa, não trabalhava fora. E o meu sonho era o mundo! Se eu tivesse idade, na época da guerra, me alistaria como enfermeira.

Pausa contemplativa.

Achava tão impressionante a guerra. Embora ela tivesse ocorrendo bem longe, nos lugares que eu sempre sonhei estar, ela estava constantemente presente nas nossas vidas. Era o que mais passava no rádio, os jornais todos repercutiam, e, nos bares e nas rodas de conversa, os homens se entretinham em fazer prognósticos. Mas no fim "ainda bem que a cobra fumou", como era o lema dos pracinhas brasileiros. E eu ficava, na minha cabeça, arrumando argumentos para convencer meus pais a me deixarem me alistar como enfermeira quando tivesse uma nova guerra. Não era possível que não ia ter uma nova guerra! Os vencedores eram tão diferentes entre si que eu imaginava que ia ter uma outra guerra tão violenta quanto para definir, de fato, o verdadeiro campeão. Mas eram coisas de meninice, ainda bem que não teve outra guerra.

Não teve guerra em proporções mundiais, mas guerreei muito nessa minha vida. Com vinte anos eu me lembro muito bem, já lecionava em um pequeno colégio da Secretaria de Educação do Estado, que ficava perto da nossa casa. Ganhava meu dinheiro, pouco, é verdade, e isso é algo que parece nunca ter mudado, pois os professores vivem reclamando na televisão. Os professores têm prazer no que fazem, é lógico, mas precisam também viver com dignidade. Eu nem sei se o meu salário dá até o fim do mês. E o que é pior, nem sei como eu pago as refeições que eu como aqui... *(Colocando a mão na cabeça)*. E os remédios, meu Deus? É muito remédio! Devo estar vivendo de caridade, porque o meu salário não dá para comprar isso tudo não.

Levanta-se.

Mês passado mesmo, papai perdeu o emprego e eu tive que sustentar a casa... *(Chora)*. Quando eu cheguei com as compras, papai chorou. Pela primeira vez, eu vi papai chorar! E aquilo me doeu demais, e imagino o quanto deve ter doído nele. E, entre lágrimas, ele dizia que já não era homem, que a vida dele tinha acabado. Meus irmãos já tinham se casado e mamãe não quis contar para eles o que se passava. Então, o jeito foi eu fazer aquelas compras que tanto magoaram o papai. Ele disse que se sentiu um inútil. E eu não aceitei que ele dissesse isso não, ele tinha feito toda aquela casa com os próprios braços, era honesto e não devia nada para ninguém. Éramos pobres, mas vivíamos com dignidade. Quanto mais eu argumentava, mais papai chorava. Nunca mais foi o mesmo homem. Mesmo que, depois, ele tenha arrumado outro emprego e sustentado a casa até o fim, ele mudou muito depois daquele dia. E eu também mudei. Dei muito mais valor ao meu emprego e prometi que nunca queria chegar na situação de papai, que chorou quando dependeu dos outros o pão de cada dia.

Pausa longa. Suspira.

E cá estou eu, me sentindo muito mais inútil que o papai e totalmente dependente de uma gente estranha... *(Alto)*. Meu

Deus, onde eu estou? Que prisão é essa? *(Pausa, pensativa).* Prisão? *(Pausa).* Não! Aqui não é uma prisão... mas eu já fui prisioneira. Foi do meu marido. *(Assustada).* Meu Deus, meu Deus, meu Deus, meu Deus! Cadê o Leomar? *(Grita aterrorizada).* Leomar? *(Esconde-se atrás da cadeira de balanço).* Preciso me esconder, é necessário que ele não me veja. *(Olha os braços).* Olhem só essas manchas, todo o meu corpo está marcado com esses hematomas. *(Chora).* Chega! Eu não quero viver andando feito uma freira pra esconder as cicatrizes. *(Mais imponente).* Chega! Eu não quero apanhar! Mas quanto mais eu falava, mais eu apanhava.

Papai nunca foi com a cara do Leomar. Nunca! Parece que tava pressentindo. Depois do casamento, meu pai me disse, na porta da igreja, mas olhando fixamente para ele, que, quando eu quisesse voltar, as portas da casa dele estariam abertas pra mim. Foi num tom ameaçador para o Leomar, mas na época eu não entendi direito. *(Rindo).* E por acaso alguma noiva se lembra de certos detalhes do seu casamento? É um dia muito corrido... Dia de festa... Celebração... Dia de se unir com outra pessoa, que, mesmo depois do namoro e noivado, você ainda não conhece direito.

Só a convivência revela certas faces... Ou, como dizia a vovó, era necessário comer um quilo de sal com alguém pra conhecê-la direito. Depois de casada, só uma colherinha de sal bastou para ele se revelar... Não quis deixar eu ir trabalhar, mas eu me impus e fui... Quando eu cheguei, apanhei. No outro dia, eu fui de novo pra escola... Quando eu cheguei, apanhei. No terceiro dia, levantei cedo e fui pra escola novamente... Quando eu cheguei, fui direto pra cozinha colocar o feijão pra cozinhar e ele, aos gritos, apertou o meu pescoço e, quando a mão ia pra me dar um tapa, como por um reflexo, eu peguei a panela e bati com muita força na sua cabeça, o sangue desceu pela orelha. Ele caiu e ficou alguns minutos desacordado. E eu ali ao lado, em pé, atônita, pedindo a Deus pra que ele tivesse de fato morrido.

Depois ele acordou, meio tonto, se deu conta do que aconteceu, me olhou incrédulo, levantou-se e foi pra sala. O Leomar não me disse absolutamente nada. E eu fui até ele, me coloquei na sua frente e disse, com toda a raiva do mundo, que, se ele tentasse me matar, a gente morreria junto. Ele se assustou, ficou um tempo olhando pra minha cara e saiu dizendo que eu não precisava esperá-lo pra jantar.

Senta-se na cadeira de balanço.

O bom foi que, depois disso, vivemos quatro anos maravilhosos, em que ele nunca mais encostou a mão em mim e me deu provas de que me amava. Eu me senti amada, desejada... Feliz? Não sei. Talvez foi mais ilusão que felicidade... *(Triste).* Nesses quatro anos, de muita alegria, nasceram a Rosa e a Margarida, minhas filhas queridas, que eu não sei onde estão. Mamãe achou os nomes horríveis. Tinha que ter nome de alguma santa, não de flor. E eu dizia que o mundo tava cheio de nome de santo e nem por isso as pessoas viviam em paz.

Bem, foram quatro anos de muita alegria com o Leomar. Porém, depois desse tempo, ele começou a me bater. As crianças eram muito pequenas, dormiam no nosso quarto... E por causa delas eu apanhava calada, já que ele sabia que nós não íamos nos matar, não depois que as meninas nasceram. Ele esperou quatro anos pra se vingar do dia em que eu o desafiei. Toda noite ele chegava caindo de bêbado, fedendo a pinga, jogava a comida no chão da cozinha e dizia que ele queria comer era filé e não o que tinha de mistura.

Levanta-se indignada.

Mas, meu Deus, mal tínhamos dinheiro pro arroz e feijão e ele queria filé! Arroz e feijão que eu comprava com o meu dinheiro, porque o dinheiro dele eu não via, não chegava em casa, ficava no boteco e no cabaré, segundo me diziam. Eu suportei quase dois anos calada, usando camisa de manga longa pra não mostrar os hematomas. Quando voltaram as agressões, ele nunca mais me bateu na cara, que era pra não chamar a atenção, mas meu corpo ficou todo cheio de marcas. Eu fiquei com medo dele, ouvir a sua voz já me fazia chorar, dava um nó na garganta e um sentimento de impotência tão grande. Eu comecei a temer pela minha vida e a das minhas filhas. Queria, por tudo, me enfiar no baú onde eu me escondia do Seu Antero quando era criança.

Foram os dois piores anos da minha vida. Nas raras vezes

em que ele me deixava ir pra casa dos meus pais, ficava ao meu lado me controlando. Nada dizia. Papai olhava de rabo de olho e lia nos meus olhos o que se passava. Mamãe e vovó, embora percebessem, desviavam as perguntas paparicando as minhas filhas. Eu olhava pra mamãe e tinha inveja da vida dela, porque, mesmo que o papai fosse um pouco antiquado, ele nunca bateu e nunca alterou a voz com ela.

Passamos o Natal na casa dos meus pais. Quando chegamos, papai estava amolando um facão com muito esmero, numa grande pedra de amolar, que ficava no alpendre. Entramos todos e, num raro momento em que fiquei sozinha com meu pai, quando o Leomar foi ao banheiro, ele me disse: “Cê gosta dele, Da’Luz?”. Eu balancei a cabeça negativamente e ele continuou: “Tá apanhando calada por quê?”. Apenas duas lágrimas saíram dos meus olhos. Ele balançou a cabeça, o Leomar já tinha saído do banheiro.

Durante a ceia de Natal, papai não disse nenhuma palavra. Ele era de poucas palavras... *(Pausa).* Mastigou, mais vezes que o de costume, cada garfada que levava à boca. Quando fui embora, ao abraçar a Das’Dores, ela enfiou bem rápido, no meio dos meus peitos, um papel todo dobrado e me olhou emocionada.

Quando chegamos em casa, eu disse que minha barriga estava doendo e me tranquei no banheiro, abri o bilhete e li: “O pai que pediu pra eu escrever. Ele quer que, amanhã à noite, depois do trabalho, você volte com as meninas aqui pra casa pra ajudar a olhar a mãe e a vó”. Joguei o bilhete no vaso, dei descarga e não dormi pensando no significado dele. No outro dia, o Leomar, o papai e o facão que ele amolava nunca mais foram vistos. Então, eu fiz exatamente o que o papai me pediu no bilhete.

Em casa, o sumiço de papai era assunto proibido. Mas eu me culpava por tudo e ainda me culpo. Em casa, tudo girava em torno das minhas meninas. Elas trouxeram um pouco de luz e alegria pra uma casa triste. Eu continuei a trabalhar... E, igual a vovó, nunca mais quis saber de homem.

Dizem que o tempo foi passando. O problema está exatamente aí, não me lembro do passar do tempo. Minha cabeça vai e volta... Mas o importante é que eu ainda sou lúcida! *(Enfática).*

Lúcida!

Pausa. Pensativa.

Eu só tenho saudade das minhas meninas. Onde elas estão? Por que não me visitam? Será que morreram? Ou será que ficam com medo dessa gente esquisita que mora aqui? Tem uma mais gordinha, já tá bem acabada a coitada, que vive dizendo que é a Rosa. E uma outra que vem só aos fins de semana, come, come, e vai embora sem nem mesmo lavar o prato. E ela se apresenta como a Margarida. Da onde, meu Deus? Estão me fazendo de besta, minhas meninas ainda são meninas, crianças... Não tenho idade pra ser mãe de mulher que já tem bisneto. *(Rindo).* É isso mesmo, a gordinha já tem bisneto! Outro dia tiraram retrato quando nasceu o menino. Colocaram no meu colo e pediram tanto que eu dissesse: "minha neta dê cá seu neto", que eu disse, mais pra acabar logo com aquilo do que por convicção.

É triste a situação que eu estou. Vivem me fazendo de besta! É isso mesmo! Besta! Às vezes eu acho que a Rosa e Margarida morreram novas e essas aí, para não me verem tristes, se passam por elas. Só pode! A tal que se apresenta como a Margarida é um entojo. Tenho raiva da cara dela. Ela vive me levando pro hospital, conta pra todo mundo que eu tenho problema na cabeça, aquela doença que faz as pessoas esquecerem de tudo. *(Pausa).* Não me lembro o nome! *(Pausa).* Elas querem é me colocar doida, me internar num hospício. Como pode? Eu me lembro de tudo! Me lembro de detalhes muito específicos da minha vida. *(Enfática).* Eu sou lúcida! Lúcida!

É por isso que eu quero muito morrer! Não há nada que me prenda a esse mundo. *(Pausa, senta-se na cadeira de balanço).* Às vezes, eu me pergunto se eu já fui feliz. Aí eu me lembro de tudo de quando eu era criança e moça. Consigo sentir o cheiro das coisas e o gosto delas. Eu fui feliz há muito tempo, mas, naquela época, o sorriso vinha fácil e não exigia maiores esforços de concentração. Hoje eu digo que eu não sorrio; às vezes mostro os dentes, mas, ultimamente, até mesmo vergonha deles eu tenho. O mundo não merece o meu sorriso, essa é que é a verdade. Não me merece também. Por isso, eu quero muito morrer.

Cochila balançando na cadeia de balanço. Pausa longa. Acorda assustada.

Meu Deus, onde eu estou?

Sai do palco bem rápido e volta ofegante.

O baú, meu Deus, o baú do meu bisavô está aqui. Como eles conseguiram esse baú? Quantas vezes eu já não me escondi naquele baú? *(Olha o relógio na parede).* Já vai dar seis horas. É hora da Maria! Não das Marias daqui de casa, mas de Nossa Senhora... Minha avó sempre rezava o terço todo dia nesse mesmo horário. E rezava ajoelhada... *(Pausa).* O meu nome é Maria, por causa de Nossa Senhora... Sou a Da'Luz... Pelo menos do meu nome eu ainda me lembro, já que esqueci até de como eu vim parar aqui nessa casa. Devem ter me sequestrado, e ainda roubaram o baú. *(Pausa).* Mas, tirando isso, não tenho me lembrado de muitas coisas nos últimos tempos. Mas o importante é que eu nunca esqueça os remédios. Ai de mim sem esses remédios!

Abre a gaveta do criado-mudo, retira as caixas e senta-se na cama.

Olhem só quantas caixas de remédios que eu tomo, são pra muitas coisas. Dizem que eu tenho muitos problemas como diabetes, labirintite, sopro no coração, intestino preso, problema de coluna, dificuldade nos rins... *(Levanta nervosa).* Ah, e ainda dizem que eu tenho problema na cabeça, que eu vivo esquecendo de tudo... *(Grita).* Mentira! Da cabeça eu sempre fui boa, e continuo sendo. *(Enfática).* Eu sou lúcida! Lúcida!

A luz vai baixando vagarosamente durante a fala acima.

Pano.

Goiânia, 18 de Abril de 2020.

A FACA CEGA

Nas segundas-feiras, ela é Anny, e é com esse nome que eu quero apresentá-la. Diz ter, apenas, vinte e três anos, mas carrega consigo mais sofrimento e desilusão que muitas vidas mais longas. O seu belo corpo fica, ainda, mais evidente pelas roupas provocantes que usa, porém, é pelos olhos que ela diz todas as verdades. Anny é a mulher em estado bruto, moldada pelas tragédias e dificuldades. Inteligente, vivida e atenta as experiências ao redor, ela possui uma leitura toda particular do mundo, que sempre lhe mostrou a sua face mais cruel. Sentada numa mesa de bar, tendo por companhia a cerveja e o cigarro, Anny pensa sobre o grande sonho da sua vida que em breve ela espera realizar, além de contemplar a cidade que se descortina apressada diante dos seus expressivos olhos castanhos. São, assim, quase todos os seus fins de tarde das segundas-feiras. Nessa, em especial, ela não conseguiu ficar em silêncio e refletir, um homem da mesa ao lado puxou assunto e Anny se permitiu se abrir, como há muito tempo, ou nunca, tivera feito antes. Aos poucos ela foi desenrolando a história da sua vida, seus medos, seus sonhos... Anny, ao final da conversa, provavelmente se sentiu mais nua e exposta do que se tivesse tirado a roupa, já que revelou a sua alma, coisa que nunca havia feito com estanhos e raramente o fazia com os conhecidos. Porém, é provável que, após o desabafo, tenha se sentido mais leve e, porque não, até mesmo mais forte.

O cenário é uma mesa de bar e uma cadeira. Uma garrafa de cerveja, um copo, uma carteira de cigarros e um isqueiro repousam em cima da mesa. Quando as luzes se acenderem, Anny estará sentada na cadeira, fumando um cigarro já pela metade. A conversa está em andamento.

É claro que eu já apanhei, moço. E muito! Eu me lembro de que a primeira vez que eu levei um tapa na cara foi quando eu tinha uns nove anos de idade, e eu não quis pagar um boquete pro desgraçado do meu padrasto. E eu nem sabia o que era boquete. O medo do segundo tapa fez com que eu fizesse o que ele queria. E aquele foi somente o primeiro dos muitos tapas na cara que eu já levei na vida. Vida fácil, para alguns...

Pausa. Suspira.

Aos quinze anos, eu tava na rua, jogada feito lixo pela minha mãe, que se convenceu do argumento do desgraçado de que eu era puta. Era puta, porque já não me incomodava com os tapas e já não fazia mais o que ele queria. Eu era puta de um homem só, um homem que me abusou durante quase seis anos, e que hoje é um honrado cidadão de bem e religioso daquela cidade horrorosa que eu nasci e cresci. *(Pausa).* Não, nunca mais voltei, mas, em breve, vou ter de voltar.

Bem, mas eu não quero falar sobre isso. Ser puta meio que me matou e me permitiu assumir uma nova identidade. Hoje eu me chamo Anny, com dois n's e ípsilon, porque hoje é segunda-feira e acho que é um bom nome para as segundas-feiras. Mas, nos sites de acompanhante, as fotos são as mesmas, mas os nomes variam. É assim que eu me permito viver um dia de cada vez e esqueço um pouco de mim mesma.

Bebe um gole de cerveja. Fuma e fica vendo a fumaça se esvair no ar.

Eu sei que tudo isso soa meio clichê. É como se, atrás de cada prostituta, morasse alguém que foi abusada na infância. E a gente sabe que não é bem assim, pelo menos eu sei, conheço muitas histórias diferentes. *(Pausa).* Eu tinha outros caminhos para seguir, mas, por escolha própria, não quis. Mas já que estudar, nunca estudei, os caminhos que me abriram não me interessavam. Eu bem poderia ter sido caixa de supermercado, garçonete, ou faxineira, sei lá. Empregos decentes para a sociedade. Mas eu queria mais. Eu queria dinheiro, e o que eu consigo hoje não conseguiria sendo nenhuma outra coisa, e muito menos me casando com o primeiro idiota que me aparecesse. Eu gosto de dinheiro, de maquiagem, de cremes, de bijouterias... coisa fina...

Pausa. Ri alto.

É claro! É claro que eu sou vaidosa. E que mulher não é? Apenas aquelas que não se amam. Às vezes eu me pergunto se eu realmente me amo, ou amo somente o meu reflexo no espelho quando estou toda produzida. Eu me amo quando estou bem vestida, com maquiagem bem-feita... *(Bebe um gole de cerveja).* Eu me amo quando não tenho de fingir orgasmo ou satisfação com homens que eu nunca vi na vida, e que eu não sei o que esperar. Nessas horas eu me odeio. Mas a parte que eu amo, na vida que eu posso me proporcionar, é maior que a parte que eu me odeio. E, se for pra me odiar, que seja uma personagem, não é mesmo?

Por isso, criei tantos nomes. Cada uma delas é de um jeito. Nas terças sou July, faço a ninfetinha tímida do interior, ou seja, o que provavelmente eu teria me tornado se não fosse abusada por aquele desgraçado. *(Ri uma risada forçada, meio constrangida).* Nas quartas eu me transformo numa sádica de nome Valéria, e levo os homens à loucura com os meus brinquedinhos. Dependendo do cara, nas quartas eu beijo até na boca. Nas quintas eu faço a gostosona Raquel, a potranca sem vergonha e insaciável. Nas sextas eu viro a madame chique, a Sophia, saio com as minhas melhores roupas e os homens ficam até com medo pensando se tratar de alguém da alta sociedade.

Pausa. Acende outro cigarro.

Final de semana? *(Rindo).* Bem, final de semana aí o bicho pega, já que é quando a carência dos homens aumenta e, consequentemente, o meu trabalho. Por isso, nos sábados e domingos, eu faço o tipo compreensiva, gentil, que gosta de conversar, de nome Maria Angélica. Para cada dia da semana, tenho um perfil de cliente específico, e vários são muito fiéis, vem sempre. *(Pausa, bebe).* É claro que a maioria é casado! Alguns bem velhos, outros gordos, a maioria com um hálito horrível e uma necessidade de escutar elogios que mulher nenhuma, a não ser sendo paga, seria capaz de dizer.

Toda puta, ou melhor, acompanhante, é quase uma psicóloga. Têm várias que não gostam nem de se chamar e nem que as chamem de puta, preferem acompanhante. No fim é a mesma coisa, você é paga para fazer o cara gozar ou ficar escutando ele lamentar a vida normal que leva com família, filhos, e um emprego de merda. Já ouvi tantas histórias e sigo sempre me surpreendendo com o ser humano. É por isso que eu disse que a gente é quase uma psicóloga. Aliás, eu acho que entendo mais de gente do que psicóloga. *(Rindo).* Pelo menos em relação aos homens!

É, e hoje eu estou aqui como Anny, porque é segunda-feira, e eu acho o pior dia da semana. É um dia que eu não gosto de trabalhar; às vezes, como hoje, desligo o celular, pra não cair na tentação de ver nenhuma mensagem ou atender ligação. *(Pausa).* É claro que eu sempre abro algumas exceções. Porém, é um dia que eu prefiro ficar comigo mesma, tentando entender um pouco a violência a qual eu me submeto. Toda segunda, eu faço um balanço da vida, mas aí, na terça, já não é a Anny, né, e sim a July, que deve gostar bem mais de dinheiro que a Anny. *(Rindo).* Então, nas segundas, eu gosto de vir aqui pra esse boteco beber e fumar calmamente vendo a cidade passar apressada...

Todo mundo tem pressa hoje em dia, não é? Embora eu cobre por hora, a maioria dos meus clientes não gastam todo esse tempo. Homem tem disso, né? São muito apressados, querem apenas meter, gozar, tomar um banho e ir correndo pra família. *(Pausa, rindo).* Você pode não ser assim, mas eu não boto a minha mão no fogo.

Dá uma tragada mais longa.

E, desse jeito, eu vou vivendo, ou, pelo menos, me iludindo. *(Pausa, rindo).* Que pergunta indiscreta, moço. *(Pausa, triste).* Desde os dez anos, faço e ouço falar em sexo, de tal forma que a última coisa que eu imaginava que pudesse me dar prazer na vida era uma trepada. Nunca atingi o orgasmo no sexo. Eles gozam, vão embora, nem perguntam como estou. E a trepada se resume na gozada do homem. E o meu trabalho acaba aí também. *(Pausa).* O meu gozo... Hã... Meus brinquedinhos é que me aliviam um pouco.

Mas às vezes eu tenho vontade de me sentir desejada, amada e gozar junto numa transa... Mas o fato é que nenhum homem me fez ficar molhada. Por traz de cada homem que eu deito, eu vejo a imagem do desgraçado refletida. No meu caso, nunca houve juras de amor, nem aquele arrepio na nuca que minhas amigas dizem sentir apenas com o hálito quente do ser amado se aproximando do pescoço. *(Rindo).* Romântico, não é? *(Pausa).* Muitas dizem que o êxtase da mulher não se encontra no pau do homem penetrando, que o gozo da mulher é mais sensível. *(Pausa).* Como deve ser boa uma transa sem penetração... Ainda crio coragem e me deito com uma mulher, talvez aí eu me satisfaça. *(Pausa).* Pois é, ainda não surgiu a oportunidade.

Talvez com outra mulher eu consiga de fato me sentir amada e desejada. O fato é que eu tomei nojo pelo corpo do homem. *(Rindo).* Sim, de qualquer um, até do seu, moço. Acho asquerosos os abraços, a língua percorrendo meu corpo, chupando meus seios, esfregando a cara na minha bunda. Dá ânsia de vômito, mas eu resisto. Eu me acalmo quando lembro do pagamento adiantado, do dinheiro que já está na bolsa, e do farei com ele. Eu amo e odeio a minha vida. Eu odeio o meu corpo após o sexo, odeio os olhares irônicos que eles me fazem, como se dissessem: "essa vadia ficou toda arregaçada com o meu desempenho". *(Gargalha).* Se eu pudesse tomava banho de creolina após cada transa.

Estou nessa vida já há bastante tempo e até hoje não me acostumei. Algumas amigas dizem que não pensam nisso, que não se importam e já desistiram do amor. Eu também digo tudo isso, mas nem por isso acredito no que eu falo. Muito menos no que eu penso. *(Pausa).* Não, não deve haver nenhuma mulher que não se sinta o pior ser humano do universo quando eles gozam no nosso corpo, esfregam a porra nos nossos seios, isso quando não nos empurram o pau goela abaixo pra que ele amoleça nas nossas bocas.

Eu me sinto pior que bicho.

Mas ao final você tenta convencer a si mesma de que isso é passageiro, de que tudo vai mudar, que um dia vai largar essa vida. Mas isso também é só até o celular tocar e uma voz grossa dizer: "e aí, vadia. Tou doido pra meter nessa sua xoxotinha gostosa. Quanto é o programa, delícia?". *(Pausa, triste).* O que mais me irrita é a voz grossa. Homem acha que empostando e engrossando a voz ficam mais viris. Eu sinto asco e nojo desde o primeiro diálogo. No carro, a caminho do motel, do hotel, da residência, do diabo, eu me sinto indo pro abate. Não, não é possível que exista uma mulher que encontre alguma satisfação nessa vida, que não seja a grana. Apesar que tem doido pra tudo, né?

Dá mais uma tragada mais longa e bebe um gole de cerveja.

É claro que eu sonho com outra vida. Mas eu acho que ainda dá tempo de mudar, afinal eu só tenho 23 aninhos. *(Pausa).* Pode rir! Eu sei que toda puta diz que tem no máximo isso, mas pode acreditar em mim. Estou falando sério. Só não mostro os meus documentos pra você não saber meu nome verdadeiro e nem ver a minha cara sem maquiagem.

Vira o copo de cerveja e o enche novamente.

Propostas pra casar já recebi as dezenas, principalmente aos sábados e domingos, quando estão mais carentes; alguns chegam a me prometer casa, comida e roupa lavada. *(Rindo).* E sabe o que é pior, moço? Querem que eu acredite! *(Gargalha).* Outros me pedem para ser a amante oficial dele e somente dele e de mais ninguém. É mole? Esses que aparecem com esse discurso são os mais feios e asquerosos. Tiveram tantas decepções que atiram pra todo lado. *(Pausa).* É impressão minha ou as mulheres estão ficando mais seletivas? Tem muita mulher solteira, eu que sou da noite, vejo. E tem muito homem solteiro também. Acho que, no final, todo mundo busca somente alguém pra trepar. Viver a dois deve ser cruel demais.

Dá uma tragada.

Não! Não tenho esse sonho. Casar não é pra mim. Meu sonho de vida é outro. *(Pausa).* Mas, às vezes, me dá uma vontade tão grande de ser mãe, sabe? Ainda acho um só pra me fazer um filho e depois que suma. Não vai nem ficar sabendo que é pai. *(Gargalha)*. Produção independente! *(Pausa)*. Com coisa que se soubesse seria diferente, né? Nisso, me desculpe moço, mas homem é igual cachorro. Meu pai sumiu quando eu tinha oito anos, nunca mandou notícias e minha mãe nunca me contou o motivo. *(Pausa)*. Perguntar eu perguntei, é claro! Mas, cada vez que eu perguntava, ela me xingava ou me batia. Então, eu perguntei pouquíssimas vezes. *(Pausa, triste)*. Depois de uns meses, ela arrumou o desgraçado que me estuprou. *(Tentando alegrar-se)*. Mas hoje é segunda-feira, é dia de beber e conversar o que não presta, e não o que faz sofrer.

Bebe um gole de cerveja.

Eu quero pra mim, moço. Pra eu criar, pra eu provar que eu sou capaz de educar um ser humano diferente do jeito que eu fui criada. Acho que só aí eu seria capaz de amar. Amar plenamente. E eu acho que só tendo um filho pra eu sentir algo que beire o amor. *(Pausa)*. Maternidade, amor, família, tudo assunto deprê pra uma segunda-feira, quando o que eu mais queria é esquecer quem eu sou, ou melhor, o quê eu sou.

Pausa mais longa.

Sim, você não entendeu errado não, eu falei mesmo "o quê eu sou". Fui tratada como coisa a vida inteira. Saí de casa aos quinze, vim pra essa cidade grande só com a roupa do corpo, dormi embaixo de viaduto, comi resto de comida no lixo. Vendi meu corpo por uma marmita. *(Pausa, chorando)*. Cê sabe quanto custa uma marmita, né, moço? Já fui barata demais até me valorizar. Aos poucos eu fui me ajeitando e hoje eu tenho um apartamento, é simples, mas tenho muito gosto. Vivo até relativamente bem. É capaz que se eu retornar praquela cidade horrorosa onde eu nasci seria bem recebida. *(Pausa)*. O que? Sim, já ouvi falar... só falar mesmo. Tieta. Taí, depois vou procurar. Não gosto de ler não, vou ver o filme, então, já que novela eu não tenho paciência, é muito grande. O filme é melhor e a gente fica sabendo da história do mesmo jeito, né?

Anota o nome no celular.

É, eu tava falando disso mesmo, o quê eu sou! Cara, é difícil de responder. Já teve vez que eu duvidei até se eu fosse gente.

Gente mesmo, sabe? De carne, osso, o tal do próximo que Jesus mandou amar. Mais fácil amar o que tá longe, né? *(Pausa).* Amor é palavra bonita, uso muito, principalmente nas sextas quando eu viro a Sophia. Mas sentir mesmo eu nunca senti, por isso acho que ser mãe pode me fazer sentir isso.

Hoje eu encaro os homens, todos eles, como uma ameaça, até você que conheci agora. *(Pausa).* É claro que tem homens bons nesse mundo, geralmente são os que me pagam mais que o combinado. *(Gargalha).* Quando isso acontece, mais de três vezes com o mesmo cara, é sinal de que está completamente apaixonado. Aí eu tenho que me virar para levar essa loucura dele ao máximo pra eu poder aproveitar bastante.

Bebe um gole de cerveja.

O homem, quando quer te elogiar, depois de uma trepada paga, ele diz, dentre outras coisas, que você foi verdadeira e se entregou. É o maior elogio. Deve dar o mesmo sentimento para um ator, quando é confundido com o personagem. *(Rindo).* Juro, nunca tive vontade de ser atriz. E olha que, pela quantidade de vezes que eu já escutei esse elogio, eu seria uma excelente atriz. Quem sabe depois que eu largar essa vida, né?

Pausa.

Sim, eu ainda quero largar! Sonho todo dia com isso, sabe? Quero voltar a ser eu. Estou nessa vida desde os meus quinze anos. E, embora eu esteja com vinte e três, ou seja, nova ainda, eu já sou muito experiente. Quando eu largar essa vida, eu vou poder ser eu novamente, usar meu nome verdadeiro e...

Dá uma tragada mais longa.

É verdade, o tempo passa. E passa depressa. Meu Deus, já tem o quê? Oito anos, né? Muito tempo! Mas, quando eu sair dessa vida, eu não volto mais não. Chega! Vou pro caixa do supermercado, vou varrer rua, mas voltar eu não volto não. Primeiramente porque eu não vou ter esse meu corpinho a vida toda. Já vi dezenas de mulheres de muita idade na rua, gente que podia estar aposentada em casa. Mas não, a fome bate todo dia, né? E, a cada dia, eu penso que a comida é pior que o do dia anterior, já que o preço do programa cai bastante. É um nicho, só pega quem tem fetiche ou pouca grana. Se, para mim, tem dia que é difícil, imagina pra elas? *(Ri, mas se entristece rapidamente)*. Eu aprendi muito com essas mulheres; aprendi que, com a vida, não se brinca. E é por isso que eu me cuido. Vivo com pouco, guardo muito, e ainda pago o INSS como autônoma. Caso aconteça alguma coisa, pelo menos o dinheiro da comida tá garantido, né? (Pausa). Às vezes, eu fico literalmente puta com a nossa situação. Profissão tão antiga dessa não ser valorizada. O povo é muito hipócrita...

Acende outro cigarro.

Você quer mesmo saber qual é o sonho da minha vida, né? Cara, é algo que ninguém pode me dar. Meu sonho é ir buscar minha irmã. Tenho uma irmã, ela nasceu, mais ou menos, um ano depois que minha mãe colocou aquele desgraçado pra dentro de casa. Ela era uma bebê linda, disso eu me lembro muito bem. E, embora eu muito mais velha, tínhamos uma relação bacana, de muita cumplicidade. Eu a defendia das surras que o desgraçado nos dava, apanhava muito pra ela não apanhar. *(Chorando)*. Quando eu fui expulsa de casa, a única pessoa que chorou foi ela. Só ela lamentou. E ela não tinha nem sete aninhos, e nem fazia ideia do que me acusavam. Aquilo me marcou demais.

É por isso que eu guardo a maior parte do dinheiro que eu ganho. É por isso que comprei meu apartamento. Eu imaginava que, daqui a cinco anos, no máximo, eu ia sair dessa vida e ia buscar ela. Mas as coisas mudaram no começo do mês passado. Paulo, um caminhoneiro que era nosso vizinho, me viu num site de acompanhante e me ligou, mas não se apresentou não, me tratou como se não me conhecesse. Ele sempre vinha pra cá, e foi da boca dele que eu ouvi, ainda pequena, falar dessa cidade. A cidade grande, como ele dizia.

Bebe um gole de cerveja.

Pois é, coisa de novela. Chego no motel e me deparo com ele. Fiquei sem chão, me senti horrível, suja... invadida! Intimamente invadida! E ele me recebeu com um sorriso e me chamou pelo meu nome. E, por incrível que pareça, ouvir o meu nome por outra pessoa me fez sentir gente de novo. Eu tentei sorrir, mas não deu. Eu comecei a chorar feito uma louca desesperada. Me joguei na cama e só fazia chorar. Chorei como nunca chorei na vida. E até agora eu não sei o que me levou a fazer isso. Meia hora, mais ou menos, eu chorando e ele me olhando pacientemente. Depois que eu melhorei um pouco, ele sorriu de novo e começou a falar.

Olha fixamente pra frente, triste, segurando o copo em uma mão e o cigarro na outra. Pausa mais longa.

Desculpa se a voz não sai, moço, mas é que pensar em tudo que ele falou me aperta a garganta, dá vontade de gritar, de vomitar, de... bem, mas eu vou resumir, pra facilitar pra mim. O meu antigo vizinho veio me dizer que, na véspera do último natal, minha mãe morreu. Uma morte muita suspeita, ela caiu no banheiro, com o olho todo inchado, e alguns hematomas que não condiziam com a queda. Quem falou isso pra ele foi um policial amigo dele que tava de plantão na delegacia no dia do ocorrido.

Mas sabe como é cidade pequena, né? Não teve investigação. Sabe por quê? Porque a minha mãe estava em casa somente com o desgraçado do marido dela, aquele pedófilo nojento. Só por isso não teve investigação, porque ele afirmou que houve somente uma queda e que ele nunca encostou a mão nela. Ainda levou minha irmã pra mentir pra polícia. A coitada só anda de blusa de frio, faça chuva ou sol, segundo o meu antigo vizinho, que é pra esconder as marcas das surras que ela leva. Ela apanha todo dia, moço, como eu apanhava e como minha mãe passou a apanhar depois que eu fui embora. O fato dele ter matado a minha mãe, eu não fico muito triste não, ela procurou. *(Pausa).* Não, não estou sendo machista não. Mas é que eu sei o que eu passei, sei o que é ser alvo de mentira, e sei que entre eu e ele, minha mãe preferiu ele, preferiu acreditar nas mentiras dele. E ainda não permitiu que eu levasse nenhuma peça de roupa. Tenho muita mágoa disso, moço.

Enfim, o fato dela ter morrido, e pelas mãos dele, ao que tudo indica, menos pra polícia e a justiça daquela cidade horrorosa, não me abala nem um pouco. O que me deixa transtornada é imaginar o quanto a minha irmã deve ter sofrido. É imaginar o quanto ela deve ter sido abusada, do mesmo modo ou mais do que eu fui. Eu sempre pensava nela. Todo dia eu penso nela. E, desde quando eu saí, eu disse pra mim mesma que, um dia, eu ia buscá-la. Nem que eu tivesse que enfrentar minha mãe e aquele desgraçado. É por isso que eu achava que, daqui uns cinco anos, eu estaria numa situação melhor pra poder chegar lá mais empoderada... *(Pausa).* Mas aí, depois de tudo que o meu antigo vizinho me contou, eu tenho que voltar o mais rápido possível.

Graças a Deus, esse meu vizinho também nunca foi com a cara daquele desgraçado. E, toda vez que minha irmã ou eu apanhávamos, ele dizia em voz alta pra família dele, de modo que escutávamos lá em casa que homem que bate em mulher é tudo, menos homem. Aquilo deixava o desgraçado louco de raiva. Eu nunca me esqueci disso. É engraçado como tem coisa que marca na infância, né?

Dá uma tragada mais longa.

Ah, o desgraçado? Você quer saber por que a polícia não investigou a morte da minha mãe? *(Rindo).* Você quer saber por que o atestado de óbito dela consta morte natural devido à queda brusca?

Respira fundo, ri novamente e bebe todo o copo de uma vez.

O desgraçado é Pastor. Gente de bem! Respeitado na cidade inteira. Defensor da família tradicional, da moral e dos bons costumes. Sabe gente escrota? Mas escrota mesmo! Outro nível! Daquele tipo que deve ficar fazendo arminha com a mão na igreja e dizendo que bandido bom é bandido morto. *(Gargalha).* Moço, o Delegado da cidade é membro da igreja dele. É lógico que qualquer coisa que ele contasse sobre a morte da minha mãe ia ser a verdade absoluta praquela sociedade de merda, como foi verdade absoluta pra minha mãe, quando ele me acusou de prostituição, ou quando disse que eu estava possuída pelo demônio, quando eu o acusei de me estuprar. Ele tem uma lábia boa! *(Pausa).* Se o desgraçado e eu fôssemos atores, eu seria medíocre, estaria possivelmente fazendo figuração em novela; já o desgraçado teria ganho uns dez Oscar. *(Rindo).* Eu forço a risada que é pra ver se eu não vomito. Porque a vontade que eu tenho é de vomitar. E vomitar muito, moço.

É por isso que eu tenho que voltar logo, pra salvar a minha

irmã disso. Espero que a violência física e psicológica a qual ela foi submetida, esses anos todos, não a tenha deixado louca.

Enche o copo de cerveja.

Então, após me contar tudo isso, o meu antigo vizinho olhou nos meus olhos, apertou a minha mão, me desejou sorte na decisão que eu fosse tomar em relação ao que ele contou, se colocou à disposição para me ajudar e foi embora. E desde então eu só penso nisso. Eu só penso em fazer justiça. *(Pausa).* Alguém tem que fazer, né moço, já que ninguém faz.

Pausa mais longa.

Eu não pretendo matar ele não. Não sou assassina. Não sujaria as minhas mãos com uma criatura como aquela. Eu pretendo, apenas, cortar o pau dele com uma faca cega e enferrujada, cortar a língua dele e depois enfiar o pau dele na própria boca, igual eu vi num filme, do qual não me lembro o nome. Às vezes, quando eu me pego rindo do nada, é sinal de que eu estou pensando nessa cena. Ah, como eu desejaria ficar a sós com ele só cinco minutinhos. *(Rindo).* É provável que eu também cortasse os seus pés e mãos, mas ainda não sei. *(Pausa).* Depois, na mesma hora, eu ligaria pro fiel Delegado e contaria sobre o incidente com o Pastor. E sumiria junto com a minha irmã antes da polícia chegar. O importante é que ele fique vivo, vivo pra pensar em mim da pior maneira possível durante todos os dias do restante da sua vida miserável. Por isso, eu penso em vender o meu apartamento, juntar toda a grana, atravessar a fronteira pra algum país vizinho e, de lá, ir pra Europa.

Porém, se eu conseguir apenas resgatar a minha irmã, eu já fico satisfeita. *(Rindo).* Mas, de qualquer forma, a faca cega e enferrujada já está ajeitada.

Bebe o resto do copo de cerveja.

Obrigada, moço! Vou precisar mesmo de toda a sorte do mundo!

Levanta-se.

Agora, me dá licença que eu preciso ir ao banheiro.

Sai do palco.

Pano.

Goiânia, 15 de abril de 2020.

DUAS HORAS

A pandemia do novo coronavírus, causador da COVID-19, assim como todas as outras epidemias que a precederam, alteraram socialmente os rituais da morte. Milhares de pessoas já morreram no mundo todo e o vírus continua avançando. Em algumas cidades, os protocolos dos velórios estabelecem que os caixões deverão ser lacrados, dez pessoas, no máximo, poderão permanecer no ambiente e o tempo também é limitado, isso se a causa mortis não for a COVID-19, caso contrário, o corpo segue do hospital direto para o enterro. Foi pensando nisso que a Arlete, que há muito frequentava os meus projetos, pôde, enfim, aparecer. Ela acabou de perder o marido, com quem era casada há trinta e cinco anos, e, embora ele não tenha morrido com o vírus, seu velório teve de seguir o mesmo protocolo, só que, nesse caso, ela teria, apenas, duas horas para as despedidas. E, sozinha, numa sala de velório de um cemitério qualquer, Arlete teve a oportunidade de desabafar e se permitir ser fraca, enquanto aguardava ansiosamente a chegada do filho, da nora e da neta. Arlete é uma mulher muito interessante, tem quase sessenta anos, mas quem a olha daria bem menos. É extremamente expansiva e expressiva, daquelas que não levam desaforo para casa e se postam de forte e inflexível diante da vida. O exagero é sua marca principal, tanto para o drama quanto para os alívios cômicos que a sua despedida do marido, a quem ela carinhosamente chama de "traste", provavelmente despertará tanto na plateia quanto no leitor.

O cenário é uma sala de velórios. No centro há um caixão e, ao fundo, uma coroa de flores. Há, também, três cadeiras de cada lado, que a atriz poderá usar em determinados momentos do monólogo. Arlete entra de máscara, retira um vidro de álcool em gel de dentro da bolsa, despeja nas mãos e as esfrega. Senta em uma cadeira, olha para o caixão e balança a cabeça negativamente. Retira os óculos e a máscara e os guarda na bolsa. Deixa a bolsa em cima da cadeira. Levanta-se e caminha até o caixão.

Nem velório que presta tu vai ter, traste! *(Indignada).* Que merda tu foi fazer pra morrer agora? *(Suspira).* Que merda, Adélio! Puxa vida, infarto assim do nada, e ainda do meu lado... Quase que eu morro também, e de susto, tu sabe. *(Pausa).* Quando te cutuquei tu tava gelado, te sacudi e nada. Gritei e nada! *(Pausa).* Meu Deus, não sei nem de onde tirei forças pra suportar aquilo.

Posso ficar aqui só duas horas, por causa dessa maldita pandemia... nem velório tu vai ter. O Carlos está a caminho; tá difícil pra ele, não tem mais vôo da cidade dele pra cá, e tu sabia disso. Tão vindo de carro pra te ver. E tu conhece muito bem o seu filho, ele deve estar vindo a quase duzentos quilômetros por hora. Deus que olha! E ele ainda está trazendo a mulher e a Aninha. Tu vai colocar a nossa netinha em perigo, traste!

Tu não podia morrer agora! Olha só, não tem ninguém aqui. *(Olha ao redor, e suspira).* Pra quem se orgulhava de ter muitos amigos, conhecidos e tal... Tu deve tá puto aí do outro lado, né? Mas fique sabendo que eu estou mais. *(Suspira).* Que merda, Adélio! Não era pra gente tá aqui numa situação dessas. Tem muita gente morrendo dessa peste, o vírus tá circulando e tu me acha de morrer agora, pra me colocar em perigo. Não podia esperar um pouco não? *(Pausa).* A gente combinou de ir junto, Adélio, daqui uns trinta anos, pra gente não ficar separado nem um minutinho, tu se lembra? Aí tu vai e morre do nada! E nem me espera! Sim, porque o meu lado do acordo ainda tá valendo: espero ir daqui trinta anos. Se tu quis ir na frente, o problema é seu. E nem trate de vir me buscar, pode caminhar aí pra luz, não precisa nem se preocupar comigo.

Com coisa que tu já se preocupou alguma vez na sua vida, né traste? Tu era tão compreensivo, calmo, nunca alterava a voz, nunca falava palavrão, sempre prudente, ou seja, o contrário de mim e foi morrer justo de infarto, igualzinho o seu pai. Deve ser genético, só pode. Espero que tu não tenha passado essa merda pro Carlos, a Aninha só tem quatro anos, perder o pai cedo vai ser terrível, e tu sabe o quanto a Luísa é sonsa, né? Não vai dar conta de criar a menina e vai sobrar pra quem? Pra idiota aqui! *(Pausa).* E eu tô com o coração na mão, pois ele está vindo de carro e correndo, eu aposto.

Agora tu imagina o perigo que eles estão sujeitos? Não só pela estrada, que é horrível, mas também de chegar aqui e pegar o vírus, ou passar pra mim. Meu Deus! *(Pausa).* Mas que se foda esse vírus, eu vou querer dar um abraço no meu filho, não me importo de me contaminar. Importar eu me importo, mas eu preciso tanto de um abraço!

Arlete quase chora, mas segura o pranto a tempo limpando o canto do olho com o lenço.

Tu me deixou sozinha, traste! Trinta e cinco anos juntos pra tu me deixar sozinha. E ainda ontem a gente tava conversando sobre a nossa festa de bodas de ouro. Tu, como sempre, não queria festa, queria uma coisa mais reservada e eu não, disse que bodas de ouro eram cinquenta anos, meio século te aturando, merecia sim uma grande festa, em grande estilo, melhor ainda que a do nosso casamento. *(Nervosa).* E tu me disse que não se lembrava muito daquele dia, do dia em que você colocou essa aliança no meu dedo.

Eu tenho certeza que tu disse isso só pra me ver irritada, pois, logo depois, seu sorriso colocou uma pedra no assunto. E saiba que eu já tava planejando conversar contigo hoje sobre isso. Queria tirar essa história a limpo. Não é possível que tu não se lembrava do nosso casamento? *(Pausa).* Pois eu me lembro de todos os detalhes, me recordo, principalmente, dos detalhes do meu corpo, de como eu era, e de como a vida nos imprimiu certas marcas nesses trinta e cinco anos. Uma vida inteira... *(Pausa)*. E isso sem contar o nosso namoro que durou acho que três anos, mais dois de noivado... Meu Deus, quarenta anos contigo!

Dizem que, quando se morre, passa um filme sobre tudo que fizemos na vida; passou um desses agora na minha cabeça. Espero que não seja tu vindo me buscar, traste. Não quero ir agora! Ainda tenho muita coisa pra fazer, e eu vou fazer. Vou fazer, exatamente, tudo que havíamos combinado. *(Pausa)*. Se me ouvisse agora provavelmente estaria estarrecido. Pois se conforme: nossos planos ainda continuam de pé! Fizemos uma lista de lugares que desejávamos conhecer, e eu já aviso que eu vou em todos. Mas fique despreocupado, que eu vou levar uma foto sua e vou tirar uma *selfie* em cada um daqueles lugares maravilhosos que sonhamos em visitar. Vou gastar a pensão que tu vai me deixar e a minha futura aposentadoria, daqui a dois anos, se Deus quiser, todinha com as nossas viagens. *(Pausa, triste)*. O problema é que eu não sei como eu vou fazer isso tudo sem você.

Ah, meu Deus, tu não podia ter morrido agora, assim desse jeito, sem um velório, pra gente ficar contando histórias ridículas a seu respeito, como tu tanto queria que fizessem. *(Olha pelo vidro do caixão)*. E agora, veja só: nem abrir o caixão eu posso. Estão com medo de que tu tenha pego o vírus, afinal, não fizeram nenhum teste. Tu deu sorte, foi infarto. Deve estar morrendo muita gente aí desse vírus, mas nunca vão saber, não tem teste. Povo irresponsável desse governo!

E eu não posso nem sonhar em pegar essa merda. Tu sabe que eu tenho asma e a idade já está beirando os sessenta, ou seja, eu faço parte do maldito grupo de risco. E sabe também que eu não quero morrer agora! De jeito nenhum! E, então, tu me dá esse belo presente de morrer nesse contexto e expor a mim, o Carlos, a Aninha e a Luísa... Embora a Luísa não deve pegar isso não. Aquela é sonsa que dói, nem vírus deve prosperar ali naquele corpo. O nosso filho deve sofrer muito, coitado. Até hoje não sei o que ele viu naquela moça. Se tivesse me escutado, hoje tava aqui conosco e não tão longe. E ouça bem o que eu vou te dizer, Adélio, ele ainda vai precisar muito da gente. Da gente, não, né? De mim! Da idiota aqui. E tu, traste, em vez de tá aqui me ajudando, vai é morrer...

E por falar nele, o Carlos está demorando muito. Estou ficando preocupada. *(Olha o celular).* Só podemos ficar aqui mais uma hora e pouca, e depois vão te enterrar. Antes de chegar aqui, ele me ligou e disse que tava há cento e setenta quilômetros só. Viu o tanto que ele andou rápido? Não devem nem ter parado pra dar uma descansada. A coitada da Aninha deve chegar aqui toda assada! Olha a situação que tu foi colocar a tua família, traste!

Quando eu digo tua família eu estou me referindo só a nós. Da tua família mesmo não veio ninguém. Eu fiz a minha parte, avisei todos. Estou com a consciência tranquila. Avisei teus irmãos, teus sobrinhos, teus primos, inclusive teus amigos que tu considerava como se fosse da família... Todos se condoeram, mandaram pêsames, disseram que sentem muito e aquelas coisas que as pessoas dizem nessas horas, mas que são da boca pra fora e que não me fizeram nenhuma diferença. *(Pausa).* A única diferença que vai fazer é só um abraço do Carlos. Dele sim eu quero. *(Suspira).* Dói, muito... Dói demais, tudo isso! Nunca pensei que eu fosse te enterrar. Eu sempre achei que eu fosse morrer primeiro, embora tivéssemos combinado de ir juntos. Mas eu tenho asma, né? Então, eu imaginei que eu fosse primeiro... isso até me confortava...

Segura o choro, e limpa novamente os olhos com o lenço.

Pois bem, não tem ninguém aqui! E olha que eu falei que o velório ia durar só duas horas, que podia entrar no máximo dez pessoas por vez, ou seja, que podiam vir, que não ia ter nenhum problema. *(Indignada).* E não veio ninguém! E eu tenho certeza de que, se fosse um deles que tivesse morrido, nessas mesmas circunstâncias, besta do jeito que tu era, ia ser o primeiro a chegar, como tu fazia todas às vezes com todos os conhecidos que morriam. *(Nervosa).* E tu ainda chorava, traste! Vai lá agora, passa na casa deles, aproveita que está todo mundo dentro de casa mesmo; aposto que não alteraram em nada a rotina, é capaz de nem rezarem pra tua alma descansar em paz.

Como se tu precisasse de reza pra descansar em paz, né? Tu

era a paz a pessoa... E eu tão diferente, tão impulsiva, explosiva e tu totalmente o contrário de mim. Oh, homem frouxo! *(Triste, segurando ao máximo o choro)*. Mas tu foi o melhor homem que eu já conheci na vida... *(Olha pelo vidro do caixão)*. Queria tanto te dar um beijo de despedida. Tu lembra que ontem, quando tu foi dormir, eu te dei um beijo de boa noite? Mesmo ainda irritada pelo fato de tu dizer que não se lembrava do nosso casamento. Se eu soubesse que aquele era o nosso último beijo eu tinha me demorado mais nos teus lábios, me aconchegado mais nos teus braços... *(Suspira)*. Eu preciso muito de você! Tu não podia ter feito isso comigo. Morrer agora, nessa situação! Que merda, Adélio!

Caixão fechado ainda por cima, como se tu tivesse morrido de desastre. *(Tenta olhar mais pro fundo do caixão pelo vidro)*. Não dá pra ver direito aqui, mas eu acho que tu tá pelado. Trouxe a tua roupa, mas parece que, por conta do vírus, eles só jogaram ela por cima, mas, pelo menos, não te colocaram num saco plástico, graças a Deus. *(Pausa)*. Demorei tanto pra escolher essa roupa. *(Suspira)*. Abrir o guarda-roupa, mexer nas tuas coisas, e, ainda por cima, sozinha, foi difícil demais pra mim; cada roupa que eu pegava eu lembrava de tu vestido com ela. *(Pausa)*. Tu tinha tanta roupa nova... Mas usava sempre as mesmas, até rasgar. E, agora, o que eu faço com tudo aquilo? Será que tem instituição de caridade recebendo doação nessa época? Tu não podia ter morrido agora, traste!

Eu ia pegando as roupas e ia chorando; chorando muito e ia colocando em cima da cama. Daí eu achei essa que tu usou uma vez só, no casamento do Carlos. Roupa toda de linho, camisa azul-claro e calça bege. Tu ficou tão bonito com essa roupa, se eu soubesse que não iam vestir, eu tinha trazido aquele bermudão preto e aquela camisa cavada toda desbotada que tu gostava tanto. Pelo menos, tinha evitado de ter que mexer no guarda-roupa. *(Pausa mais longa)*. Ainda bem que o Carlos só casou no civil, se tivesse se casado no religioso também, provavelmente, você ia ter mais uma roupa lá mofando, e eu ia ter mais um motivo pra chorar.

E quem vai me consolar agora? Era tu que me amparava quando eu chorava... Era tu que me acalmava, que me fazia rir com alguma coisa boba, que me encantava a cada dia. Mas tu foi um traste comigo agora, Adélio. Tu sempre dizia que se orgulhava de nunca ter me feito chorar... *(Pausa)*. Mas agora tu passou do limite, Adélio. Desde a hora que eu vi que tu morreu até agora, eu já chorei mais que na minha vida toda. E eu jurei pra mim mesma que eu não ia chorar aqui, na beira do teu caixão.

Arlete não consegue mais segurar o choro e chora copiosamente.

Mas era tu que fazia eu cumprir as minhas juras, agora nem isso eu consigo mais. E a idiota tá aqui, chorando na beira do teu caixão, do jeitinho que eu falei que não ia fazer. *(Pausa)*. Eu me odeio!

Pelo menos o caixão é bonito. Eu pedi a Deus pra não te colocarem num caixão de papelão como a gente viu naquela reportagem outro dia; nem me lembro em qual País era... Ficamos horrorizados e tu falou que aquilo era a barbárie. E tu vem e nos joga no meio da barbárie.

Olha pelo vidro novamente, mas dessa vez mais atenta.

Oh, meu Deus, que coisa horrível! *(Nervosa)*. Que merda! Adélio, além de tu tá pelado, só com a roupa mal jogada em cima do corpo, não tem uma flor nesse caixão. Tudo isso custou um absurdo, pra não colocarem nem uma florzinha? *(Pausa)*. Se bem que pra tu não vai fazer diferença nenhuma, né? Bom do jeito que tu sempre foi, deve ter ascendido aos páramos celestiais, como tu gostava de dizer.

Sem roupa vestida, sem flor e sem gente. Tu escolheu a melhor época pra morrer, traste! *(Pausa)*. Daqui trinta anos, quando eu me for, e nos encontrarmos, eu vou te contar com detalhes o seu velório. E vou dizer mais, vou dizer que tu foi sepultado em um caixão de papelão. *(Rindo)*. Ah, vou! Essa vingança eu vou ter.

E, quando sair daqui, eu vou reclamar com o pessoal dessa funerária. Vou fazer um escândalo daqueles bem grandes, daqueles que tu odiava que eu fizesse, lembra? Se bem que tu odiava até mesmo quando falavam um pouco mais alto. Mas hoje eu vou gritar, gritar muito. Vou esperar só eles te enterrarem... Ah, e esperar o Carlos também, claro, porque, a depender da forma como for tratada por esse pessoal, eu finjo desmaio na hora, não sem antes tirar a máscara e fingir alguns espirros também. *(Nervosa).* Vão ter que me devolver o dinheiro!

Olha a coroa de flores.

Pelo menos a coroa de flores tá aqui! Não sei se tu ia gostar da frase que colocaram, mas... Frase tão protocolar! Eu não consegui pensar em nada melhor, acho que peguei a menos ruim lá das opções que eles me deram. *(Pausa).* Ah, não vou poder esquecer de falar também, quando nos encontrarmos, que tu só tinha uma coroa de flores, que eu comprei. Ninguém da tua família ou dos seus amigos mandou uma mísera flor que seja. Na certa, avaliaram que não ia ter ninguém pra ver o gesto de compaixão deles, então não precisavam te homenagear. Está vendo agora que boa família e bons amigos tu foi ter, traste? Povo hipócrita! Aposto que, nas redes sociais, tão dizendo coisas boas a seu respeito, se bem que eu não duvido de estarem te expondo ao ridículo também. Afinal, a morte está tão banalizada por causa desse vírus, que o fato de tu ter morrido de infarto, no meio da pandemia, pode virar motivo de piada. *(Rindo).* Vão dizer que tu sempre foi do contra mesmo.

O celular toca. Atende.

Oi filho! *(Pausa).* Que bom! *(Pausa).* Daqui a pouco já vai dar a hora do enterro. *(Pausa).* Sim. Tudo bem, então! Vem com Deus! *(Desliga o celular).* Até que enfim, chegaram. Estão entrando na cidade, agora que o celular deu rede e eles conseguiram me ligar, disse que não era pra deixar te enterrarem sem eles chegarem. Mas é lógico que isso não ia acontecer, nem que eu mesma tivesse que fazer o seu enterro depois. Vamos esperar eles chegarem pra se despedirem de você.

Não gosto dessa palavra, tu bem sabe. Acho despedidas angustiantes... Ainda bem que o Carlos e a Aninha estarão aqui pra me dar força. Não sei se consigo. Além de imaginar que eu fosse primeiro, eu nunca me imaginei te enterrando. Nem nos meus mais terríveis pesadelos eu me deparei com uma cena assim: tu estirado num caixão. *(Chora).* Ah, como eu queria passar a mão no teu rosto... Como eu queria ter tido mais tempo contigo... Como eu queria que a vida não fosse só trabalho, problema e... *(Pausa).* E aí, o trabalho continua, os problemas se renovam, e fica tua ausência.

Embora nunca tenha te perguntado isso, eu acho que tu foi feliz. E tu me perguntava isso sempre, eu me lembro bem. E eu dizia que, no momento, estava, mas que a vida era uma sucessão de maus momentos, embora houvesse alguns felizes... *(Nervosa).* Meu Deus, como eu pude ser assim? *(Pausa).* É lógico que eu era feliz! Acordar e ver que tu tava do meu lado me deixava feliz, nas nossas pequenas crises, tu sempre tava disponível pra conversarmos e resolvermos a questão o mais rápido possível.

Chora desesperadamente e se debruça sobre o caixão.

(Grita). Eu te amo, traste!

Te amo muito e me arrependo por, todas às vezes, em que essa frase bateu na minha garganta, mas eu não disse. Mas tu que era o romântico da relação. *(Rindo).* Me lembrei agora de que quando tu me dava alguma flor, isso lá no começo do nosso relacionamento, eu te dizia que quem gostava de flor era defunto. E tu dizia que, se eu morresse primeiro, não ia deixar colocarem nenhuma flor no meu caixão, já que eu não gostava em vida, também não precisava na morte. Tu se lembra disso? Acho que aconteceu só umas três vezes... nas três vezes que você me presenteou com flores. E, por ironia, foi tu que ficou sem elas... *(Pausa).* Ainda bem que tu tentou só três vezes, depois caiu a ficha e tu passou a me dar chocolates... Muito melhor que flores e ainda traz felicidade.

Agora, acho que nem todo chocolate do mundo será capaz de me fazer plenamente feliz de novo. *(Pausa).* Mas eu vou tentar, não plenamente, mas vou fazer um esforço pra viver mais esses trinta anos que ainda pretendo de forma leve e divertida, tal qual foi a vida com você, traste. *(Chorando).* Meu traste! Eu sei que tu sabia que eu te amava muito, eu sinto isso. Tu foi muito amado por mim e eu também me senti muito amada por você.

Como é bom poder falar isso assim, em alto e bom som. Alivia um pouco e passa a sensação de que tu está realmente escutando. Foi bom ficarmos só nós dois esse tempo. Caso isso aqui tivesse cheio de gente, eu ia ter que ficar cumprimentando as pessoas, enquanto o que eu mais queria era tá assim, a sós contigo.

Está passando tanta coisa na minha cabeça... Tanta coisa

que eu queria te falar... Tanta coisa que eu... *(Pausa).* Eu tenho muito orgulho da vida que nós vivemos juntos. Eu tenho muito orgulho da família que formamos. Eu tenho muito orgulho de ter sido sua mulher, Adélio! Me espera, tá? Me espera aí nos páramos celestiais, que daqui trinta anos eu vou. Nossa história não acabou com aquilo que o Padre disse "até que a morte os separe"; nosso amor é mais forte que essa breve separação.

O celular toca. Atende.

Oi, meu filho. Estamos aqui na sala de velórios número cinco. *(Desliga).* Chegaram! Estão no estacionamento. *(Pausa).* Ainda bem que eles chegaram. *(Pausa).* E fique despreocupado, que eu não vou deixar a Aninha te esquecer, traste! Vou sempre mandar fotos suas, contar suas histórias, dizer a ela que tu a amava muito.

Arlete coloca a máscara e se debruça sobre o caixão aos prantos.

Pano.

Goiânia, 03 de maio de 2020.

A VIOLENTA CORRENTEZA

Irmã Ângela tem trinta e dois anos, dos quais dezessete foram dedicados, exclusivamente, à ordem religiosa católica a qual se filiou e imaginou que seu compromisso só se acabaria com a morte. Mas foi então que o destino lhe empurrou num desfiladeiro e ela caiu em um rio cuja violenta correnteza a levou para outros caminhos e o seu mundo, antes tão ordenado, se tornou um quadro borrado. Em apenas dois meses, dezessete anos de entrega e convicção ruíram quando ela descobriu o amor. O que veremos a seguir é a sua confissão, feita diretamente a Deus, diante da imagem de Cristo. Completamente perdida devido a esse novo sentimento, Irmã Ângela se deixou levar pela violenta correnteza, percorrendo lugares antes insondáveis por seu coração. É nesse labirinto de sentimentos e emoções, entre o passado, o presente e o futuro que ela fará a escolha mais difícil da sua vida.

O cenário é composto, unicamente, por uma grande imagem do Sagrado Coração de Jesus, colocada em um pedestal, ao lado esquerdo do palco. Quando as luzes acenderem, Irmã Ângela estará ajoelhada diante da imagem.

Pra quê palavras? Eu sei que o Senhor, meu Deus, tudo vê, tudo sabe... Então, eu poderia, apenas, olhar e chorar, me penitenciar, me culpar, me... *(Pausa).* Enfim, pedir perdão por tudo que eu fiz e por tudo que eu ainda vou fazer. Já este *tudo* está tão confuso para mim. Minha história ocorreu de maneira muito rápida, os sentimentos foram se sobrepondo uns aos outros e, às vezes, nem sabia direito o que sentia, como sentia, porque sentia... *(Levanta-se chorando).* E eu me sinto como se o meu corpo estivesse inerte sendo levado pela correnteza violenta de um rio. Eu olho pra cima e vejo o céu, num dia belo, com poucas nuvens, muitos pássaros, porém, abaixo sinto a água fria me levar... sinto minha alma desfalecer... mas eu sei que é só olhar pro alto pra poder ver o céu novamente.

A violenta correnteza desse rio que me leva, e no qual é inútil lutar, é o pecado; pelo menos foi assim que eu o compreendi no início. *(Ajoelha-se).* Sim, eu pequei, meu Deus! Pequei de forma abjeta, mas, por mais que eu esteja aqui, de joelhos, prostrada, com os olhos rasos d'água e me culpando pelo que fiz, lá no fundo do meu coração, eu não me arrependo. *(Pausa).* E eu sempre imaginei que a culpa estivesse bem próxima do arrependimento. Mas não! A culpa é, apenas, estratégia de defesa de um corpo que se vê carregado inerte pela correnteza, e, por mais que saiba do perigo, por mais que saiba o quão é inútil lutar, aos poucos o corpo se entrega, se adapta e se sente confortável... *(Suspira).* Confesso, meu Deus, que nessa violenta correnteza, sinto prazer por não imaginar o que eu vou encontrar na frente. É como se as pedras desse rio, por mais que violentem o meu corpo, pra alma é como se fossem grandes almofadas alvas de pluma... *(Pausa).* Enquanto o corpo se culpa, a alma se regozija.

É assim que eu me sinto, e é por isso que eu preferi me abrir. Eu preciso falar, eu preciso gritar, eu preciso desnudar a minha alma para ver se encontro o arrependimento que o corpo tanto me clama, ou o consolo e a compaixão que minha alma anseia... *(Pausa).* Meu Deus, eu sei o que Senhor já conhece todas as estradas sinuosas pelas quais eu passei nos últimos dois meses... *(Pausa, suspira).* Dois meses... Dois meses, meu Deus, quanto tempo! Parece que foi ontem que eu me sentia tão certa em seguir a vida religiosa, em fazer do meu corpo um instrumento pra Sua Igreja e um testemunho da minha fé.

Pausa mais longa.

Desde criança alimentava o sonho de me tornar freira... Queria ser útil, ajudar o próximo... *(Pausa).* Há trinta e dois anos, eu nasci naquela pequena cidade do interior, igual a tantas cidades do interior, onde tudo se resume a pôr reparo na vida alheia e a ver o tempo passar pela janela. É claro que nem tudo era poesia, a vida no início foi muito difícil. Família grande, muitas bocas e muita dificuldade. Mas o Senhor, meu Deus, sempre nos ajudou a seguir no caminho da dignidade e do bem.

Meus pais, muito católicos, não perdiam a missa de domingo. Íamos todos muito bem vestidos, e, embora ficássemos felizes pelo passeio, não costumávamos externar essa felicidade, afinal, missa era lugar de se desculpar Contigo, meu Deus, por tudo de ruim que tivéssemos feito e pensado. Eu ficava me controlando sempre para nunca fazer nada que O desagradasse, porém, infelizmente, às vezes o meu pensamento se envolvia em pecado e eu me culpava por aquilo ter entrado, mesmo sem eu querer, na minha cabeça. E quantos pesadelos eu não tive? Quantas cenas grotescas não se desenrolaram por lá e eu acordava apavorada? E, a cada pesadelo, a missa era, então, por mim muito aguardada para que eu pudesse rezar na casa do Senhor, para que me livrasse de todos esses pensamentos ruins.

Eu evitava ao máximo contar para meus pais e irmãos os pesadelos que eu tinha. *(Rindo).* Ficariam incrédulos e horrorizados com as coisas abomináveis que acontecia neles, e o pior de tudo era que, para que eles ficassem sabendo, eu deveria contar e essas coisas abomináveis teriam que sair da minha boca tornando-o em duplo pecado, não só o do pensamento, mas também o da ação, a partir do momento que eu o externasse.

Mas, lá na missa, eu Te contava tudo. Olhava para a sua imagem pregado em uma cruz e me compadecia, às vezes ficava até com vergonha de Lhe contar os meus pesadelos, já que eles eram tão pequenos diante do seu imenso sofrimento. Nunca me esquecerei da Sua face pregado na cruz, naquela imagem da capela da minha cidade. Que imagem triste, porém bela... era um sentimento tão contraditório, tal qual esse que eu agora sinto.

Eu adorava as missas, as quermesses, os terços de Santo Antônio, São João e São Pedro... Ou seja, me sentia atraída por tudo que se relacionava com a Igreja. E, quando eu tinha por volta de uns dez anos, eu vi uma coisa linda demais: vi um grupo de Irmãs que se encontravam na cidade por causa da festa da padroeira. Nunca tinha visto uma freira na vida, e aquilo me encantou. Perguntei a meus pais, ainda na igreja, o que elas eram, e eles me responderam que elas eram da Igreja, que mulher também podia fazer parte, só não podia celebrar missa.

Meus olhinhos infantis brilharam naquela hora. Fiquei encantada. Parece que senti como um chamamento, uma força muito grande que me invadiu o corpo e a alma. E, quanto mais eu olhava para aquele hábito e limpel brancos e o capuz preto, mais eu me encantava e me via vestida daquele jeito. *(Imponente).* Era aquilo que eu queria pro resto da minha vida! A partir de então, comuniquei o meu desejo para toda a minha família. Ficaram todos emocionados, extasiados e orgulhosos.

Nas aulas de catequese, a orientadora ficava perdida no tanto de perguntas que eu fazia. Eu também conversava muito com o Padre, que me respondia, pacientemente, todas as dúvidas de uma menina que não tinha nem mesmo virado moça ainda. No fundo, acho que ele não botava fé que eu fosse perseverar. Nessa época fiquei sabendo sobre as ordens religiosas, sobre a rotina, as obrigações, enfim, sobre tudo, ou quase tudo, que cercava as freiras de mistério. *(Pausa).* Em casa, meus pais e meus irmãos temiam que eu fosse para alguma ordem religiosa que praticasse o claustro. Eu respeito muito essas irmãs, mas nem por um momento me passou aderir a esse tipo de ordem. Eu gosto do mundo, gosto de ver o Seu Evangelho sendo praticado no cotidiano. Gosto de ver as pessoas, me interagir com elas e ajudá-las.

O Padre me falou muito bem sobre as Irmãs Dominicanas, já que elas participavam de muitas obras de caridade. E era justamente isso que eu queria fazer, ajudar o próximo. Pouco tempo depois que eu me crismei, por volta dos quinze anos, o Padre levou até a minha casa a Irmã Viriata, que estava de passagem por nossa cidade. Ela ia ficar somente uma semana, tinha muita coisa para fazer, mas tirou um tempinho para conversar comigo, conversar com meus pais, e observar o meu ambiente familiar. Ao final, me convidou para ir com ela.

Foi o momento mais feliz da minha vida até então. Os meus pais e os meus irmãos me abraçaram chorando, vendo que o meu sonho, enfim, ia se tornar realidade. A Irmã Viriata explicou tudo para os meus pais, que, entre lágrimas concordaram. Eu não ficaria nem mesmo no nosso Estado, iria para outro lugar, e poderia mudar várias vezes durante não só o período de preparação, mas também quando eu me consagrasse. Eles poderiam me visitar e eu, também, poderia fazê-lo durante determinada época do ano.

Os dias em que fiquei esperando o retorno da Irmã Viriata foram muito intensos. Mamãe fez todo tipo de comida que eu gostava. Meus irmãos disputavam para ficar mais tempo comigo, e meu pai, toda vez que me via, limpava os olhos, numa mistura de emoção e tristeza.

Poucos dias depois, às cinco da manhã, um carro parou na porta da nossa casa e buzinou. Era a Irmã Viriata! Lembro-me até hoje quando eu saí, olhei pra trás e todos estavam chorando, acenando lenços brancos e me desejando toda a felicidade do mundo. De lá, o táxi nos deixou na rodoviária onde pegamos o ônibus até a cidade onde se encontrava a casa da congregação.

Desde então, já se passaram dezessete anos. Nesse tempo passei por várias cidades, fiz o aspirantado, o postulantado, o noviciato e há seis meses me consagrei freira, quando fiz os votos perpétuos. *(Chorando).* Meu Deus, há seis meses eu me comprometi com a Igreja por meio de um juramento definitivo. E é por isso que cá estou, me martirizando, relembrando a minha história para ver se o meu espírito também se culpa da mesma forma que o corpo.

Pausa mais longa.

A violenta correnteza desse rio me leva cada vez mais rápido. Já não consigo discernir bem o céu, às vezes parece branco demais, outras azul demais, e em outras já não consigo enxergar as estrelas quando anoitece. Meu corpo segue inerte nessa violenta correnteza, me jogando pra lá e pra cá...

Eu não podia ter deixado as coisas chegarem nesse ponto! *(Suspira)*. Não podia! Com que cara irei olhar para as outras irmãs, ou melhor, para a minha família, que sempre me apoiou? Será que ainda terei o apoio deles? *(Ajoelha)*. É tanta dor, meu Deus, que, quanto mais eu penso, mais sinto uma vontade louca de colocar um fim nisso tudo acabando com a minha vida. *(Pausa)*. Eu sei que se trata de um pecado abominável, um atentado contra a criação, mas o que fiz eu, senão isso? E, no fim, talvez a morte me purifique... *(Grita)*. Eu não sei o que eu faço! Parte de mim, a mais racional, quer que eu o abandone, peça transferência para outro convento e recomece a minha vida religiosa, deixando essa história se desfazer com o tempo; porém, outra parte, a sentimental, diz que eu tenho que largar tudo e viver esse momento com ele.

Eu estou completamente perdida, não sei o que eu faço da minha vida e muito menos que estrada eu sigo. Por ora, é como se de fato eu vagasse inerte nas águas de uma violenta correnteza. O problema é que, aos poucos, eu descobri que esse rio violento que me leva rumo ao desconhecido não se chama pecado. Ele tem outro nome: amor.

Senta-se no chão e olha para a imagem.

Ah, o amor!

E como eu sei que é amor o que eu sinto? Gostaria, ah, como eu gostaria, de estar completamente equivocada em relação a esse sentimento; uma moça do interior que sempre projetou a sua vida na Igreja, e nunca se entregou às coisas mundanas, pode perfeitamente se confundir. Afinal, o que é amor?

Eu não sei explicar, meu Deus, o que ocorre comigo. Não sei explicar o que eu sinto, mas tenho quase certeza de que se trata do amor. Pode o amor ser algo tão doído? Pode o amor abalar a convicção, a fé e o juramento que fiz diante de Deus e da Igreja? Por que fui invadida por esse sentimento? Por que não pude lutar contra isso antes que eu fosse empurrada para a violenta correnteza? Por que eu fui fraca, meu Deus?

Ainda me lembro de como tinha uma vida maravilhosa há dois meses atrás, não que ela tenha ficado ruim, afinal, o coração está mais leve, mas me aponta um caminho que a cabeça não consente. Antes dele aparecer, tudo na minha vida funcionava de maneira ordenada, coração e mente pautados pelo mesmo princípio.

Anda pelo palco em silêncio. Pausa longa.

Eu o conheci durante a festa da paróquia de São Sebastião. Naquele dia o coral aqui da congregação cantaria na novena. Ele estava sentado na frente, no primeiro banco, mas não o vi de imediato. Somente na hora da eucaristia, quando ele se aproximou do Padre para receber a hóstia consagrada, foi que nossos olhos se cruzaram. E, antes eu tivesse olhando pro outro lado, antes eu tivesse me distraído ou mesmo olhado para o teto da Igreja, mas não, meus olhos estavam perdidos como se implorassem serem encontrados. E foram achados por dois olhos castanhos que tão logo se fitaram, deixou-me, além de desconcertada, as pernas um pouco bambas. Quase desmaiei. E a partir daí eu não sei explicar o que aconteceu.

Em vão meus olhos o procuraram novamente. Quando a fila da comunhão acabou, eu o vi sentado na primeira fileira, olhando contemplativo para o altar, provavelmente fazendo as suas preces, que tão logo acabaram, voltaram a procurar meus olhos no coral. Vi, ansiosa, seu olhar percorrer cada fileira, até encontrar nos meus o motivo para que repousassem.

Aquilo me deixou completamente dispersa, minha pressão ameaçava subir, senti um calor que começava no peito e ascendia para o pescoço, a garganta ficou seca e o coração acelerou descompassado. Ou aquilo era um infarto ou um sentimento desconhecido até então para mim. *(Envergonhada).* Para, além disso, meu Deus, não ouso dizer as reações involuntárias que meu corpo sentiu. Era como se uma corrente elétrica perpassasse por cada músculo, dilatasse cada veia...

Não vi quando a missa acabou, nem quando o coral se desfez. Lá eu fiquei, imóvel. Quando ele se levantou e deu dois passos para frente em direção ao altar, com os olhos postos nos meus, achei que desmaiaria. Por um instante, a enorme igreja ficou tão pequena, a multidão sumiu no ar, a luz desligou-se e apenas nossos olhares se destacavam no breu, como dois faróis a nos guiar um para o outro...

Provavelmente, isso que eu acabei de contar não durou nem dez segundos, mas para mim foi quase uma eternidade. Acordei do transe quando uma irmã pegou na minha mão e me perguntou se eu estava bem. E o meu impulso foi de dizer que sim, que eu estava bem, que eu estava maravilhosamente bem, que meus olhos só precisavam daqueles olhos para deixar o meu mundo completo. Porém, ao texto do coração a mente pôs a censura e o que saiu da minha boca foi apenas um "não" sussurrado.

Quando a irmã pegou na minha mão, ele interrompeu o passo, tirou seus olhos de cima dos meus e os pousou calmamente no altar, ajoelhou-se, fez o sinal da cruz e saiu, caminhando devagar e despreocupado, para logo sumir no meio da multidão, não se dando conta da situação em que me deixou. *(Pausa)*. A irmã colocou-me sentada, outra já veio com um copo d'água, logo outra queria me levar para o hospital, o que eu impedi, não sei como. Quando, enfim, recuperei a sanidade, estavam todas ao meu redor, incluindo o Padre e alguns fiéis. Percorri, em vão, os olhos em todos para ver se o via novamente.

Não permiti que fôssemos embora só por minha causa, tínhamos um compromisso com a comunidade, precisávamos ficar para ajudar na quermesse. *(Suspira)*. Mas antes tivéssemos ido... Tudo ficou pior para a mente e melhor para o coração. Senti, no íntimo, que uma intensa disputa se travava no meu corpo. À expectativa de encontrá-lo de novo na quermesse, deixava meu corpo em brasa e meu coração acelerado, enquanto a mente projetava toda a sorte de coisas ruins que aconteceriam comigo caso não saísse o mais rápido possível daquele rio até então calmo. Porém, nessa altura, já não tinha forças para lutar, a correnteza, embora fraca, começava a me levar...

Já no salão paroquial, onde ocorria a quermesse, as irmãs não deixaram que eu nada fizesse. Fiquei sentada em uma mesa, com o Padre e algumas outras pessoas que não me lembro. Meus olhos estavam perdidos, procurando alguém na multidão que, possivelmente, festejava e se divertia. Fogos de artifício rompiam o céu, gritos oferecendo os leilões rasgavam o salão, bingos eram oferecidos e depois cantados, bebidas e comidas passavam toda hora por mim... *(Pausa)*. De tanto o Padre insistir, acho que eu comi um pedaço de frango assado e tomei um copo de água, que, gelada, ferveu ao passar por minha garganta.

Uma grande angústia tomava conta do meu peito. De relance olhei para o Padre que contava, decerto, um causo muito engraçado para os outros da mesa, que riam a não poder mais. Meu primeiro impulso foi chamar o Padre para que ouvisse a minha confissão. Eu precisava retirar o nó na garganta que me sufocava. O Padre me ouviria em confissão, me aconselharia, recomendaria alguma penitência, e eu estaria novamente livre para me dedicar somente a Igreja. Mas o meu coração não concordava com isso, não queria que o Padre e nem ninguém soubesse de nada. Então, inerte, já brutalmente jogada à correnteza, que ia ficando cada vez mais forte, me martirizava e me regozijava como num êxtase.

Mas tudo ainda ficaria pior naquela quermesse... *(Olhando a imagem)*. Só o Senhor sabe o que eu senti quando ele veio até a nossa mesa; o Padre se levantou alegre e o abraçou efusivamente. Depois, o Padre o apresentou a todos da mesa e ele cumprimentou a cada um de nós com um aperto de mão e um belo e sincero sorriso. Eu fui a última a ser apresentada e quando nossos nomes foram ditos... *(Suspira)*. Ah...! Não me lembro de mais nada... Só me lembro dos meus olhos se deixarem perder naquele olhar, naquele sorriso e naquele aperto de mão tão sutil e carinhoso, que fez tremer todo o meu corpo.

Quanta coisa, meu Deus, dissemos um ao outro pelo olhar naquele instante em que nos cumprimentamos! Vi, nos seus olhos, mais imagens do que as palavras seriam capazes de dizer. Quantas vidas não vivi naquele instante, naquele mísero instante de poucos segundos?

Depois dos cumprimentos, ele sentou-se na única cadeira vazia que ainda tinha na mesa e que, por sorte, se encontrava ao meu lado. Respirei profundamente agradecendo a Deus, já que, só assim, não procuraria aqueles olhos. Receei que ele se sentasse na minha frente e eu não conseguisse me controlar; possivelmente, eu teria que procurar uma desculpa e sair correndo daquela situação. Mas ainda bem que ele ficou ao meu lado. Eu continuei em silêncio, como já estava desde o início, porém, tinha tanto para falar, o coração produzia inúmeros assuntos, frases inteiras, perguntas... Tudo censurado pela mente que por temer o pior silenciou-me.

A cada vez que eu piscava, demorava mais com as pálpebras fechadas, como tentando potencializar o poder dos outros sentidos. Quando ele falava e respirava, sentia o seu hálito quente me inebriar, meus ouvidos desnudavam as camadas daquela voz e meu corpo se arrepiou de antemão, como a esperar novamente um outro toque. Durante o tempo que ele ficou na mesa, acredito que, por razões involuntárias, sua perna encostou na minha, e seu cotovelo esbarrou de leve nos meus ombros... *(Passa a mão levemente pelo pescoço).* Quando isso acontecia, eu ficava feito brasa incandescente...

Não sei quanto tempo durou, mas, quando ele foi embora, cumprimentou a todos novamente e, ao pousar a sua mão na minha, nossos olhos se reencontraram e ele falou: "Encantado!", e um lindo sorriso abriu, que para mim iluminou todo aquele imenso salão.

Dois dias depois, ele veio aqui, parou na portaria e descarregou algumas cestas básicas para que doássemos aos pobres. Eu o vi de relance e ele balançou a mão para mim e sorriu. Nesses dois dias em que não o vi, pensava nele o tempo todo, e não conseguia sequer dormir. Imaginava que tudo tinha sido uma mera ilusão e que nunca mais o veria novamente; cheguei a pensar em pedir pra Superiora para ser mandada para outra cidade a fim de esquecer aquele encontro e todo o sentimento que ele em mim produziu. Mas, após aquele aceno e aquele sorriso, meu coração se encheu novamente de vida e de esperança. Ele agora sabia exatamente como me encontrar. E ele me encontrou algumas vezes...

A primeira delas foi quando eu voltava de uma visita que fiz a uma família muito pobre na periferia da cidade, que acabara de perder um parente. Na ocasião, quando passava por uma rua de pouco movimento, o carro que ele dirigia parou ao meu lado e disse, como da primeira vez, meio sussurrado e com um grande sorriso nos lábios: "ainda continuo encantado!". E acelerou o carro, deixando-me com o coração na boca.

Nossos encontros passaram a ser constantes, ou ele vinha aqui trazer doações, ou nos encontrávamos na igreja, ou na rua... Nesses momentos eu perdia completamente a noção de tempo, espaço, realidade... Fui também ficando cada vez mais encantada por aquele homem que me despertava tantas sensações que meu corpo e minha alma nunca haviam experimentado.

Há mais ou menos um mês, tudo conspirou para que ficássemos, pela primeira vez, juntos e sozinhos, por um tempo, na sacristia da igreja. Estava eu lá a sós, a esperar o Padre e ele chegou, fechou a porta, olhou-me nos olhos, e se aproximou de mim. Senti o pulsar do coração, senti o hálito quente se dissipar na minha face, senti quando a mão dele acariciou meu queixo e juro, meu Deus, que eu não senti absolutamente nada quando ele me beijou, pois quando seus lábios tocaram os meus eu desmaiei.

Ele, então, iniciou os primeiros socorros. Logo, o Padre chegou e foi informado por ele que, quando entrou na sacristia, me viu caída no chão. Quando acordei, estava rodeada pelas irmãs do convento em um quarto de hospital. Todas estavam preocupadíssimas comigo. Tratei, então, de tranquilizá-las, dizendo que a minha indisposição podia ser pelo fato de não estar me alimentando bem.

A enfermeira, então, disse a elas para saírem que eu tomaria um remédio muito forte que me deixaria sonolenta. Mais tarde poderiam saber notícias pelo médico que ficou de me ver assim que o efeito do remédio passasse. Todas saíram, eu tomei o remédio e adormeci.

Quando acordei, ele estava parado ao pé da cama com um imenso sorriso, de jaleco branco, estetoscópio em volta do pescoço e uma prancheta nas mãos. Ele era o médico novo que chegara na cidade há pouco tempo. Conversamos muito nos três dias em que eu fiquei internada. E, nessas conversas, ocorreu o casamento de almas, encontrei uma pessoa que me entendia e me respeitava. Foram, apenas, três dias, mas foram três intensos dias em que eu vivi várias situações maravilhosas.

Ele tem a minha idade, sonhos de construir uma família e um coração bom e caridoso. Senti-me acolhida por ele em todos os sentidos. Quando eu estou com ele sinto-me protegida, segura e, principalmente, amada. Voltei ao consultório toda semana onde, a cada nova visita, íamos mais fundo na intimidade... *(Pausa, envergonhada)*. Ele me respeita, respeita esse momento de conflito interno pelo qual estou passando... Respeitou a minha decisão de não me deitar com ele, de modo que nossos carinhos se limitavam a abraços calorosos, beijos ardentes e sonhos felizes.

Prometi que lhe daria uma resposta, mas antes precisava vir me confessar Contigo, meu Deus. Temo, como eu já disse, estar vivendo somente uma ilusão. Temo ser feita de idiota por ele... Temo muito que essa história de amor à primeira vista acabe de modo tão devastador quanto começou. Logo eu, que nunca acreditei em amor à primeira vista, que zombava das princesas nas histórias que me contavam quando criança... *(Suspira)*. Logo eu, meu Deus, que imaginei ter o controle da minha vida e o poder sobre o meu destino. Mas não... *(Pausa)*. Uma vez que se entra na violenta correnteza não há o que fazer... só sentir e se deixar levar.

Dito tudo isso, eu sei o que Senhor sabe o que meu coração e a minha mente dizem. Eu sei também que só o Senhor, que é o consolo dos desesperados, pode me compreender... *(Ajoelha-se)*. Por isso, eu vim aqui implorar o seu perdão. *(Pausa)*. O purgatório e o inferno não podem ser tão ruins quanto o que a ausência dele me provoca. Tenho trinta e dois anos, meu Deus, não sei quanto tempo eu tenho de vida, mas sei que me enganar tentando esquecê-lo representa uma morte que traz consigo a mensagem de que todo esse tempo que eu vivi não valeu a pena.

Eu preciso, meu Deus, viver esse amor, nem que seja para chegar a conclusão daqui uns dias de que eu estava completamente equivocada. *(Pausa)*. Não temo a desilusão, temo apenas não viver esse instante de ilusão... *(Pausa)*. Sim, meu Deus, eu sou fraca! Sou muito fraca, a cruz que colocastes nos meus ombros em nada pesa diante da Sua, mas, mesmo assim, eu paro e me deito com ela sobre mim, sem nenhuma intenção de continuar a caminhada. E se isso for verdade, se o amor for uma cruz, que eu também tenha a ajuda para seguir, e assim como o Senhor teve ajuda para carregar a Sua, gostaria da ajuda dele para que juntos possamos trilhar nossos caminhos. Sozinha, eu não consigo... *(Pausa longa).* Talvez, por isso, o amor tenha que ser compartilhado...

O Senhor sabe que eu amo a todos, sem exceção, amo os animais, os homens, as mulheres, principalmente os pobres... Pautei a minha vida em tentar mitigar a dor das pessoas, e ainda seguirei fazendo isso. Não preciso de um habito ou de uma ordem religiosa para praticar o que o Senhor nos ensinou. Sei que, talvez, não serei tão útil à sua Igreja, mas tentarei ser útil aos seus ideais.

E, como eu sou fraca e covarde, não conseguirei me despedir das minhas irmãs. Amanhã eu irei novamente em outra consulta, vou deixar uma carta aqui no convento e irei partir com ele rumo a uma nova vida, possivelmente em outro Estado. Antes, passaremos na igreja para que possamos juntos confessar ao Padre esse amor que sentimos um pelo outro, e pedir a sua benção.

Levanta-se e, durante a próxima fala, vai tirando as peças de roupa com calma, até ficar completamente nua na última palavra.

Por isso, eu renego os votos que eu fiz, peço que o Senhor, em sua infinita bondade e misericórdia, me absolva de todos os meus pecados e me livre de todo o escândalo que esse ato causará. Mas é o preço que eu pago, meu Deus, para que eu possa viver e sentir o que é, de fato, uma das faces, se não a mais bela, mas a mais misteriosa do amor.

Prostra-se diante da imagem. Foco de luz em Ângela se apaga, logo em seguida o foco de luz da imagem também.

Pano.

Goiânia, 20 de abril de 2020.

A CASA DO VIZINHO

Um fato inusitado que ocorreu na casa do vizinho, em uma terça-feira qualquer, levou dona Januária a receber uma intimação para que comparecesse à Delegacia de Polícia, com o objetivo de prestar depoimento, não somente sobre o corrido, mas, principalmente, sobre alguma anormalidade que tivesse visto ou tomado conhecimento acerca da referida residência. Viúva e aposentada, dona Januária, de setenta e dois anos, recém-completados, orgulhava-se de ninguém da sua família nunca ter sido "fichado" pela polícia e também de nunca ter pisado em uma delegacia. Agora, que fora intimada a prestar depoimento, temia ficar falada na pequena cidade do interior onde morava e de onde nunca saíra. Mais ainda, dona Januária receava que seu nervosismo revelasse certos detalhes a polícia que poderiam levá-la à cadeia ou ao sanatório. E, assim, muito nervosa, ela começa a desenrolar o novelo dessa história nesse monólogo que consiste no seu depoimento. A maioria das rubricas indicando pausa refere-se a questionamentos que eram feitos a dona Januária pelo Delegado. Essa personagem faz parte da minha memória afetiva, remete a uma de minhas avós, e também as vizinhas, suas amigas, com quem partilhavam as "preocupações" com a vida alheia com tamanho interesse e comprometimento que fariam inveja a qualquer detetive particular ou investigador policial.

O cenário é apenas uma cadeira que se encontra no centro do palco. Quando as luzes acenderem, dona Januária estará sentada, com uma expressão de quem está muito nervosa com a situação.

Januária da Conceição Praxedes. *(Pausa)*. Nasci e me criei aqui mesmo. *(Pausa)*. Tenho 71... *(Pensa um pouco)*. Não, 72 anos. Fiz há pouco tempo, ainda não me acostumei. Desculpe o nervoso, mas é que essa situação é muito angustiante pra mim. Nunca tive precisão de vir aqui na polícia, tenho medo de ficar presa. *(Pausa)*. Eu sei que é só um depoimento, mas... Mas eu tô nervosa por demais, doutor Delegado! Minhas mãos tão suando, de tanto nervoso. Tá me dando um trem muito ruim aqui no peito. Será que eu posso embora? *(Pausa)*. Tudo bem, se o doutor tá falando que não vou ficar presa eu fico. Tenho muito medo de ser presa e ficar falada, se é que eu já não estou, né? O povo pode inventar tanta coisa. Ninguém da minha família nunca teve envolvimento com coisa que não presta, isso eu garanto.

O doutor me permite falar de pé? É que... ficar sentada assim é muito pressão, vai me dando uma jeriza, a batedeira pode aumentar e eu tenho problema de circulação nas pernas. *(Levanta-se)*. Muito obrigado, assim fica bem melhor, é capaz até de eu me lembrar mais das coisas... *(Ri nervosa)*. Prometo que eu não vou fugir.

Terça-feira da semana passada? Uai, nesse dia, eu fiquei dentro de casa o dia inteiro, não houve precisão de sair pra lado nenhum não. Eu queria muito ir no açougue comprar uns bife de carne pra mode fazer com cebola, mas eu fiquei com muita preguiça e mandei o menino ir lá pra mim. *(Pausa)*. O menino é meu neto, chama Afonso, Afonso Neto. *(Pausa)*. Sim, é o nome do meu finado marido; o meu filho pai dele, era muito agarrado com o finado véi Afonso, e quis botar o nome dele no menino. *(Pausa)*. Ele tem sete anos, fica comigo na vorta do dia, pros pais trabalharem. *(Pausa)*. Estuda sim, claro, mas ele tá de férias. Quando tem aula ele fica comigo só na parte da manhã. Eu que arrumo e dou de cumê pra ele ir pro estudo.

Meu marido? O finado véi Afonso, coitado, nem chegou

a conhecer o neto, morreu há uns dez anos atrás, de congestã. *(Pausa)*. O coitado tomou leite por riba da carne de porco, deu um nó nas tripa e ele morreu. O doutor tentou de tudo, mas não houve jeito. *(Pausa)*. Foi três dias sofrendo, no primeiro eu fiz um monte de chá de umas folhas que eu tinha lá no quintal. *(Pausa)*. Uai, foi chá de boldo, de carqueja, hortelã, alecrim; essas coisas que são boas pro estomago. Aí, no segundo dia, como não melhorava, chamamos a cumade Zéfa, benzedeira muito boa. Ela benzeu a barriga dele, mas o trem já tava muito evoluído e não teve jeito dela curar ele não. No terceiro dia, que foi quando o meu filho chamou o médico, ele já tava muito ruim, antes tivesse chamado o Padre pra dá logo a extrema-unção. *(Pausa)*. Sim, sim, eu sou muito católica. Ajudo lá na igreja matriz. *(Pausa)*. Eu faço de tudo um pouco, sabe? Ajudo a limpar a igreja, a cozinhar quando tem quermesse, limpo as imagens... não recebo nada não, faço porque gosto e porque tenho tempo... Sou aposentada!

Pausa.

Sim, só uma vez, graças a Deus. Nunca mais quis saber de homem não. O finado veio Afonso foi o primeiro e o último. *(Pausa)*. A gente vivia bem, sim. *(Pausa)*. Desde quando a gente casou. A casa é nossa, sim. Tenho o maior orgulho disso. Graças a Deus não pago aluguel. *(Pausa)*. Sim, foi há muito tempo, logo depois do casamento. Naquela época era longe demais, não tinha vizinho, era só mato, hoje não, a gente pode até dizer que mora no centro. A cidade cresceu demais. *(Pausa)*. Sim! Isso! Vi aquilo crescer. Conheço todos! Não que eu ponha reparo na vida dos outros, mas é que eu me sinto responsável, né? *(Pausa)*. Mas eu faço isso sem chamar atenção. Quando eu escuto alguma coisa na rua, por exemplo, eu olho pela janela, se for algo interessante, como briga, polícia, acidente, esse tipo de coisa, eu pego a minha vassoura e vou varrer a calçada.

Não é curiosidade, juro por Deus, mas é que, talvez, pode ser útil, né? Não vê agora? Nunca tinha sido chamada pra vir aqui na delegacia depor pro doutor Delegado, e isso me acontece justo num dia em que eu não escutei nada e por isso nem tive precisão de ir varrer a calçada. *(Pausa)*. Pois eu não te falei, doutor, que eu não saí de casa? Quem saiu foi o menino pra comprar a carne do almoço, mas eu mesmo não sai não. *(Pausa)*. Não na hora, né, mas depois eu saí sim. Afinal, juntou um mundaréu de gente, muita conversa, carro da polícia apitando. Eu saí toda esbaforida pensando que tinha acontecido alguma coisa muito séria. E aconteceu, né? E, justo na casa do vizinho de pareia com a minha, e eu não ouvi nada.

Pausa.

Eu me lembro quando aquela casa foi construída. Foi bem, se não me engano, uns bons anos depois da gente ter se mudado pra lá. Como a casa ficava de pareia, a gente deixava o Toninho guardar os trem da obra lá no quintal de casa. Só depois, com a casa pronta, é que a gente murou. O Toninho ficou até muito tempo lá, vivia tendo desentendimento com a mulher dele, de nome Suzana, se não me engano. *(Pausa)*. Isso, Suzane! Isso sim! É isso mesmo!

Era cada briga, seu doutor, que acontecia lá. Misericórdia! Tinha tapa, grito, coisa sendo jogada na parede. Às vezes, nem eu e nem o finado véi Afonso, meu marido, conseguia dormir, então a gente corria pro alpendre pra poder escutar melhor. *(Pausa)*. Sim, caso precisassem de alguma coisa, né? A gente ficava lá, na maior preocupação, mas, logo depois, os barulhos paravam, ele saía pra calçada pra fumar e ver se alguém tinha posto reparo no ocorrido, aí ele nos via, nos cumprimentava e voltava pra dentro.

Pausa.

Acontecia muito. Toda vez era isso. E toda vez que tinha briga, ele ia fumar e nos via sentado no alpendre. Eu e meu finado marido ficamos desgostosos com aquilo. Era muita brigaiada. E parece que os dois eram muito ciumentos, e nenhum dos dois prestava. *(Pausa)*. Não que tivessem feito alguma coisa pra mim, mas é que é pelo tipo mesmo. Eu tinha por mim que não prestavam. Todos os dois traía um ao outro. E ia revezando naquela cachorrada. E, sempre quando um ou outro chegava mais tarde do serviço, tinha bateção de porta, grito, xingamento, pedidos de socorro. *(Pausa)*. Sim, mas nós nunca socorremos. Não era da nossa conta, né? Pelo menos era isso que eu e meu finado marido pensava. E pensava certo, eu acho, já que, no outro dia, tava tudo bem de novo. Aprendi cedo que, em briga de marido e mulher, ninguém mete a colher, muito menos os vizinhos. *(Pausa)*. Sim, essa brigaiada durou até eles mudarem.

Pausa.

Ah, doutor, deve ter uns dez anos que eles mudaram, foi um pouco antes do meu finado marido morrer. *(Pausa)*. No dia da mudança, eu e o finado veio Afonso oferecemos ajuda, mas o Toninho disse que não tinha precisão, então, a gente entrou pra dentro e viu uns homens colocar as coisas num caminhão. *(Pausa)*. Pois é, interessante que na época isso não me chamou a atenção. Nem a minha e muito menos a do meu finado marido, que era um pouco avoado. *(Pausa)*. Avoado, assim, como quem não tem preocupação, sabe? *(Pausa)*. Pois foi como eu falei, não demos falta da Suzana não. *(Pausa)*. Suzane, né? Isso! A gente achou que ela talvez tinha se mudado no dia anterior e o Toninho só voltou pra buscar a mudança.

Pausa.

Nossa, doutor, mas ficar lembrando disso e principalmente do que aconteceu na terça-feira passada me deixa muito angustiada. Chego a passar mal. *(Pausa)*. Eu tenho um monte de doença, o médico disse que a maior parte não tem o que fazer. *(Irritada)*. É porque ele não sabe de nada! Já me curei de um monte de coisa por intercessão da cumade Zéfa, que me benze sempre que eu tô quizilada. *(Pausa)*. A cumade Zéfa, sim, é uma pessoa boa. Acho que o doutor tem que ouvir ela também. *(Pausa)*. Já ouviram? *(Pausa)*. Que bom! Mas eu tenho que falar que a cumade Zéfa não é igual o que a língua do povo comenta não. Ela é Católica Apostólica e Romana! Eu tenho certeza! *(Pausa)*. Uai, e ela é minha cumade como? Foi ela batizando o meu filho. Ela reza as benzição que a bizavó dela falava e passou por todos até chegar nela. Ela benze de tudo quanto é coisa. Desfaz qualquer mal olhado. Cura com as ervas qualquer doença. E ainda por cima, é parteira. Ela sim cumpre o que diz o Nosso Senhor Jesus Cristo. *(Faz o sinal da cruz)*. Ela é um poço de caridade, ajuda todo mundo. Então, não precisa acreditar no que esse povo que não tem o que fazer fala dela. Ela não é macumbeira, isso eu garanto! E a cumade Zéfa foi quem foi desfiando o novelo desse acontecido.

Depois da mudança do Toninho a casa ficou muito tempo desocupada. Eu não sei se ele colocou à venda ou alugou, mas eu garanto que durante esse tempo todo eu não vi nenhuma placa lá. Todo mundo que se mudava pra lá dizia que tinha alugado a casa num computador. *(Pausa).* É, esse trem de internet. Então fica difícil da gente saber, né?

O interessante é que todo mundo que mudava pra lá ficava no máximo três noites. Não guentava mais que isso. O mesmo caminhão que trazia era quase sempre o mesmo que levava embora. E eu ficava pondo reparo naquilo. As luzes ficavam acesas o tempo inteiro. Eu me lembro de um pobre coitado que terminou de dormir na calçada. Eu, que tava pajeando no alpendre até de madrugada, pra ver que fim levava aquela acendeção de luz, abrição de porta, rastação de cadeira, perguntei pro pobre coitado quando ele sentou na calçada. Ele me olhou assustado, tava até branco. Dava até medo de olhar. *(Faz o sinal da cruz de novo).* Deus me defenda, me livre e me guarde!

E, nesses dez anos, só cinco famílias mudaram pra lá e isso só nos dois primeiros anos, depois ninguém mais. Só isso! Ninguém mais! E nenhuma ficou mais de três noites. *(Pausa).* Eu tentava assuntar, mas todo mundo ficava assustado. Bem, voltando um pouco no tempo, aconteceu um fato que só depois a cumade Zéfa me chamou a atenção. *(Pausa).* Uai, doutor, um dos chás que eu fiz pro meu finado marido beber foi de carqueja. Carqueja o doutor sabe que é amargo pra danar e muito bom pro estomago. *(Pausa).* Acontece que essa carqueja eu peguei no quintal do Toninho. A minha carqueja tinha morrido e eu olhei por riba do muro e vi um pezão bonito. Então eu subi num tamborete e consegui puxar umas folhas e peguei. Outro dia que a cumade Zéfa disse que talvez foi isso que vitimou o finado veio Afonso. Ela sentiu, sabe?

Pausa.

É, ela sente as coisas, vê o que ninguém vê. Mas ela não é macumbeira não, igual esse povo fala. Deus só deu a ela um dom diferente. A coitada já sofreu e ainda sofre muito... *(Pausa).* Aí, quando ela falou isso, eu fiquei encucada. Será que a carqueja tava envenenada mesmo? Pois só pode, porque a congestã que vitimou meu finado marido foi esquisito por demais. Embora eu tenha certeza de que foi a misturada de carne de porco de lata com o leite, eu acho que houve um intervalo de mais ou menos umas três horas. Três horas já dá pra fazer digestão, né doutor Delegado? O problema é que já se passaram dez anos, não deve ter nem os ossos do coitado lá no cemitério, não deve dá pra fazer nenhum exame não, né?

Bem, mas isso é apenas um pensamento meu. O problema é que foi acontecendo muita coisa estranha nesses dez anos. *(Pausa, olha para os lados).* Pra eu falar, eu quero ter a certeza de que ninguém vai me prender. É sério! O que eu vou falar só eu e a cumade Zéfa sabe, e como eu não sei o que ela falou pro doutor, eu já tô me precavendo. Não quero que me joguem num hospício. Não sou doida! *(Pausa).* Então eu continuo.

O doutor Delegado não imagina o quanto eu já sofri nesses dez anos, depois da mudança do Toninho. Bem, como nossas casas são de pareia, quando se acende uma luz no quarto, por exemplo, ilumina o corredor que fica do meu lado. Esse corredor é pequeno, tem, assim *(Abre bem os braços),* esse tanto de largura, mas é por onde eu passo o tempo todo, pra não precisar entrar na casa. Então, toda noite as luzes acendiam e ficavam piscando, além disso, se ouvia gritos lá.

O véi Afonso, meu finado marido, ficava muito desgostoso com aquilo. Toda vez que acontecia a gente ia pro alpendre e ficava espiando pra ver se saía alguém de lá. E não saía ninguém. Ninguém mesmo! Eu mesmo olhava a casa e ela tava toda fechada, meu finado marido olhava o relógio de luz e ele tava desligado. E as luzes acendiam e os gritos continuavam. *(Faz o sinal da cruz).* Só Deus pra ter dó e misericórdia de uma coisa dessas.

Pausa.

Lógico que não! Agora o doutor imagina se eu ia contar pra polícia uma coisa dessas? Os outros vizinhos não ouviam nada, porque do outro lado da casa do Toninho tem uma casa que fica distante do muro, além do muro ser muito alto de forma que não da pra ver nada. Já do meu lado, né, o doutor sabe, a casa é de pareia e o muro é baixo. E isso me deu uma contrariedade muito grande.

Então, todo mundo que mudava pra lá também passava por isso e como ficavam com medo não queriam se passar por bobos e dizer que a casa tava mal assombrada. Eu acho que era isso. Daí logo saíam. *(Pausa).* Como eu já falei, ficavam no máximo três noites.

Eu só contei isso pra duas pessoas. Nem meu filho sabe, e muito menos o meu netinho que fica comigo na volta do dia. Eu não queria assustar e nem alarmar ninguém! Então, como o doutor me prometeu que não saio daqui numa camisa de forças direto pra um hospício eu conto o que eu vivi, nesses dez anos, de muito sofrimento.

Essas duas pessoas que eu contei foram a cumade Zéfa, é claro, e um Padre ignorante que tinha aqui uns anos atrás. Graças a Deus foi embora! *(Pausa).* Sim, esse mesmo. Eu sei que é pecado, mas ele era um homem escomungado. O doutor acredita que ele proibiu a cumade Zéfa de entrar na igreja? Ela não podia assistir missa! O escomungado do Padre acreditou na fofocaiada com o nome da cumade Zéfa e começou a dizer que ela era macumbeira. Agora o doutor veja bem se um tipo de homem desses, que proíbe uma pessoa boa, como a cumade Zéfa, de receber a eucaristia, não é um escomungado?

Eu fiquei muito aperreada com isso; com essa injustiça com a cumade Zéfa, né? Proibir a coitada de vê a missa e comungar era demais pra mim. Então, como eu era ministra da Eucaristia, eu sempre pegava uma hóstia consagrada e escondia num lenço branco que eu levava dentro duma algibeira. *(Pausa).* Sim, e levava a hóstia pra coitada da cumade Zéfa. *(Pausa, assustada).* Epa! Meu Deus do céu, agora que me dei conta do que falei. Eu e minha boca grande. Meu Deus, tenha misericórdia de mim. Eu acabei de confessar um crime. *(Pausa, nervosa).* É claro que isso tem importância! O doutor Delegado pode me prender por causa disso. *(Pausa).* Eu roubei foi hóstia, o corpo de Cristo, aquilo vale muito mais do que dinheiro. Mas eu quero que o doutor entenda que foi pra ajudar a cumade Zéfa. Como que uma católica fervorosa como ela ia poder ficar mais de uma semana sem comungar? Eu não podia admitir uma coisa dessas de jeito nenhum! *(Pausa)*. Oh, meu Deus, eu e minha boca grande... Se for possível eu queria muito que essa parte fosse tirada aí do papel, pode ser? *(Pausa)*. Muito obrigada, já não basta o que eu vou enfrentar depois da morte no meu julgamento, ainda ser presa pela polícia é demais, né?

Pausa.

Sim, mas do escomungado eu falo depois, primeiro vou falar sobre a cumade Zéfa. Ela sempre me visita, no mínimo três vezes por semana. Deu assim o meio da tarde, eu posso esperar que ela vem. E, desde quando o Toninho se mudou, a cumade Zéfa não quis passar mais pelo corredor, que ela sempre passava, pra facilitar pra chegar na área e na cozinha, que era onde a gente ficava. Ela começou a querer passar pela sala, dando volta na casa. Eu achei aquilo muito estranho, e meu finado marido também. Não que a gente não quisesse que ela entrasse dentro de casa, não era isso, cumade Zéfa é da família, mas é que antes ela passava pelo corredor e não reclamava. Então, um dia, meu finado marido e eu, conversando com ela, rindo, perguntamos assim do nada, de modo a evitar que ela ficasse incomodada com a pergunta, né?

O que ela respondeu nos deixou com muito medo. Disse que, depois que o Toninho mudou e ela teve que passar no corredor, ela sentiu um arrepio bem forte no meio da cacunda, e uma vontade muito grande de gritar. Por isso, a coitada preferia dar volta pela casa. Então, meu finado marido e eu dissemos pra ela o que a gente vivia lá: toda noite as luzes acendiam, mesmo com a energia cortada, e havia muito grito, coisa sendo arrastada, sendo que não havia nada na casa.

Mostra o braço.

Olha, eu lembro disso e chego arrepio. A gente foi contando e a cumade Zéfa começou a chorar desesperadamente, caía muita lágrima dos olhos dela, coitada, aí desmaiou. Acordou uns dez minutos depois e não se dava conta dela mesma, ficou toda abobada mais ou menos uma meia hora. Meu finado marido queria chamar um médico, mas eu fui contra. A gente que tinha que resolver aquilo. Mas, graças a Deus, ela acordou bem e disse que tinha uma coisa muito feia dentro da casa, que ela achava que era feitiço muito poderoso. Ela chegou a pensar que talvez tivesse um sapo com a boca costurada enterrado lá, ou até mesmo coisa pior. *(Pausa).* Não sei que tipo de coisa pior, ela não disse, e eu também não perguntei, ora, se eu já quase morri quando ouvi o negócio do sapo eu não ia querer saber de coisa pior não, né? Tá doido?

Pausa.

Sim, doutor. De dia não tinha problema. Não tinha luz acendendo e nem barulho, o problema era quando anoitecia. Aí o bicho pegava! E com o passar do tempo eu comecei a reparar em duas coisa: o trem só começava a gritar mais ou menos na hora que ou o Toninho ou a Suzana... *(Pausa).* Suzane, né? Isso! Quando um dos dois chegava em casa quando eles moravam lá. Esquisito, né? *(Pausa).* Ah, a outra coisa era pior ainda: quando tinha festa ou alguma outra coisa com gente de fora lá em casa, não tinha barulho nenhum. Juro por Deus! Por tudo que há de mais sagrado nesse mundo. Isso foi me dando uma contrariedade muito grande.

Às vezes nem eu imagino, doutor Delegado, como eu consegui viver tudo aquilo. *(Chorando).* Era muito sofrimento! Mas graças a Deus, desde terça eu não ouvi nenhum barulho e também nenhuma luz acendendo. Acho que até que enfim resolveram essa questão. Pois então, como eu ia falando, a cumade Zéfa só dizia que tinha alguma coisa muito feia lá e fazia as benzição dela dentro da minha casa, no quintal, só não passava no maldito corredor. E até terça da semana passada eu fazia as rezas, passava defumador, acendia vela no quintal... E nada resolvia, mas me acalmava um pouco e eu conseguia dormir.

Então é devido a isso que a cumade Zéfa acha que a carqueja que eu peguei no quintal deles tava envenenada, e meu finado marido morreu por conta disso. Eu nem quero imaginar uma coisa dessas. Já chorei demais quando ela me falou isso. *(Pausa, indignada).* Uai? E o meu remorso onde fica? Se não fui eu que peguei a carqueja e fiz o chá pro coitado do meu finado marido? Não! Eu não quero me sentir culpada não, por isso falei pra cumade Zéfa mudar a prosa que daquela eu não tava gostando não.

Bem, aí a coisa foi vindo. Como eu disse, depois de uns três anos, ninguém mais apareceu na casa, nem pra morar, nem pra visitar, nem pra derrubar. Ficou lá, entregue. Nem o povo da prefeitura, aquele povo que faz limpeza por conta do mosquito da dengue, nunca entrou lá. Embora eu sempre visse pelo muro que o quintal tava bom. Depois desses três anos todas as plantas morreram e apodreceram, de modo que o quintal ficou limpo. E eu ficava encucada com aquilo, porque não nascia nenhum matinho. Nada prosperou naquele lote, até parecia que tinham jogado sal grosso nele. Um horror!

Pausa longa. Assustada e nervosa.

O quê? Ela disse isso? Meu Deus, que linguaruda! A gente combinou de nunca contar isso pra ninguém, porque eu acho que até é crime, né? E eu torno a perguntar: o doutor não vai me prender não, né? *(Pausa).* Eu sei que invadir casa alheia é crime, mas diante de tudo isso, o que o doutor queria que eu fizesse? Faz uns cinco anos que a gente fez aquilo. Eu não me orgulho não, nem me arrependo também. *(Pausa).* Bem, mas já que a cumade Zéfa não saiu presa daqui, né? Então eu conto também. Teve uma Sexta-Feira da Paixão que a gente resolveu entrar na casa e fazer uma reza lá pra expulsar o quê que tivesse lá dentro.

Cumade Zéfa preparou umas garrafas com uns banhos de erva pra jogar na casa e um balde de sal grosso. *(Pausa).* Sim, tô mentindo não. Foi um balde imenso de sal grosso; devia ter ali pra mais de dez quilo. Bem, eu levei o terço e umas velas pra acender na casa. Então, pouco antes da meia noite, a gente arrombou o cadeado e entramos. *(Amedrontada).* Deus é testemunha do que a gente enfrentou lá naquela casa! Eu não gosto nem de me lembrar. *(Pausa).* Eu tenho muita vergonha do que eu vou falar agora, então eu queria que não colocasse isso no papel também não. Pode ser? *(Pausa).* Obrigada! Pois então, doutor Delegado, a coisa foi tão séria que eu obrei na roupa. *(Pausa).* Obrar, doutor. Nunca viu falar isso não? O doutor não sabe? É a mesma coisa que cagar. *(Pausa).* Eu caguei perna abaixo na roupa tudo!

Pausa.

Então a gente arrombou o portão e entrou. A porta da sala

tava só no trinco. Quando a gente abriu a porta todas as luzes estavam acesas. Tão logo a gente entrou na casa a porta se fechou e todas as luzes se apagaram como que por um encanto. E aí a gente ouviu um grito desesperado. Quando aquilo aconteceu, as minhas pernas acabaram, eu me desfiz no chão, tentava rezar, segurava as bolinha do terço, mas nada saía da minha boca. E eu só pensando que a cumade Zéfa não podia desmaiar igual tinha feito lá em casa não, se não eu morria.

Pausa.

Graças a Deus, ela não desmaiou. Ficou firme. Começou a rezar em voz alta e eu vi quando ela começou a jogar os banhos que ela tinha levado. Quanto mais ela jogava mais os gritos diminuía. E eu fiquei pensando, graças a Deus, parece que o Diabo tá se rendendo. Mas nada, o trem voltou foi pior! Quando os banhos acabaram a cumade Zéfa jogou o balde de sal grosso e então... *(Pausa longa).* Meu Deus do céu, doutor, não me tome por mentirosa e nem ria, por favor. Quando ela jogou o sal não ouvimos nenhum barulho dele caindo no chão. *(Pausa).* Pois eu não disse que era um balde de sal, pra mais de dez quilo? E a gente não ouviu nada. De repente, na mesma hora, as luzes acenderam e a gente viu... Que Deus me leve dessa vida se eu tiver mentindo, doutor! A gente viu o sal assim... boiando no ar... *(Pausa).* Sim, isso, flutuando... E, então, ouvimos um grito horroroso, o sal foi jogado todinho em cima da gente, e as luzes se apagaram. Ainda bem que a porta abriu e a gente saiu de lá correndo. Nem reparei se algum vizinho tinha visto. E, por via das dúvidas, eu varri a calçada no outro dia, conversei com todo mundo e ninguém tocou no assunto, ou seja, graças a Deus, ninguém nos viu.

A gente correu lá pra casa, a cumade Zéfa entrou pro banheiro, tomou um banho e eu corri pro quarto e acendi umas velas pra Nossa Senhora do Desterro e também pro meu anjo da guarda que também deve ter passado um baita apuro por minha causa. Agora veja bem o tanto que eu tava apavorada, que eu entrei pra dentro de casa e corri por meu altarzinho pra rezar e acender vela, nem me preocupei que tava toda cagada, só fui perceber quando fui tomar banho, logo depois que a cumade Zéfa já tinha tomado o dela. Então, quando eu saí do banho a gente começou a rezar ajoelhada, eu tremendo mais que vara verde e a cumade Zéfa com os dois olho arregalado. Olhei o relógio, já passava das duas da manhã, então eu fiz um café bem forte, já que sono mesmo a gente não ia ter, né? E ficamos lá no alpendre tomando café e conversando sobre o que tinha acabado de acontecer.

Pausa.

Continuou sim, todo dia. Luzes que acendiam, gritos que se ouvia. Mas, perguntando pros vizinhos, parece que só eu mesma é que ouvia os gritos e ficava incomodada com aquilo. Ninguém nunca tinha reparado nada de mais naquela casa. Mas quem podia imaginar, né? *(Pausa).* Sim, o outro que eu contei foi pro Padre. Pro escomungado! Que arrependimento! *(Pausa).* O que ele fez? Mas eu não estou dizendo que ele é um escomungado? Então, agiu como um! Gritou comigo, disse que era mentira, que a macumbeira tinha feito a minha cabeça, que ia pedir a minha excomunhão, e que eu tinha que ser era exorcizada. Ainda por cima me proibiu de ajudar na igreja. E olha que eu contei pra ele em confissão, ou seja, ele devia me orientar e não danar comigo. Mas ainda bem que ele foi embora. Foi tarde! O outro padre que veio, esse que ainda tá aqui, é um amor, mas como eu não sei a reação, então, eu também nunca contei pra ele sobre o que a cumade Zéfa e eu passamos naquela maldita casa aquele dia não. Era pra ser um segredo que a gente ia levar pro tumulo, e eu já tava até conformada de ter que lidar com os gritos e as luzes o resto da minha vida.

Pausa.

Não! Nunca pensei em mudar. Gosto demais da minha casa. Talvez fosse até o melhor a fazer, mas ir pra onde? Eu gosto daquele lugar, fui a primeira a morar naquela rua, então eu achava que quem tinha que sair era o Diabo e não eu. Mas ainda bem que tudo acabou; como eu falei, desde terça passada que eu não vi e nem ouvi mais nada, além de ter dormido muito bem toda noite.

Pausa.

Sim, doutor, eu vi a polícia chegando, vi um movimento, apanhei a vassoura e fui varrer a calçada. Tava com muita vontade de comer o bife que o menino comprou, mas esperei pra ver o que tava acontecendo. E como me arrependo! Eu tinha que ter feito o bife com cebola e almoçado mais cedo; depois eu não tive estomago não, né doutor! Até agora eu tô com ele meio embrulhado ainda.

Então, quando eu corri pra varrer a calçada encontrei a rua toda em frente da casa do Toninho. Fui chegando também, passando pelo povo, até que eu cheguei bem rente ao portão, de modo que dava pra ver a porta da sala. Na hora me deu um trem ruim, que só o doutor vendo. *(Pausa).* Isso mesmo, de lembrar do que eu já tinha passado naquela casa. E essa lembrança me impediu até de sentir o cheiro. Todo mundo tampando o nariz e eu lá olhando embasbacada pra aquela porta da sala. Mas, logo depois, eu senti o cheiro e aí que eu quase desmaiei. *(Pausa).* Meu Deus do céu, nunca tinha sentido uma carniça tão desgraçada igual àquela.

Tampei o nariz e comecei a observar o que tava acontecendo. Nesse momento a sala tava cheia de polícia, bombeiro, Samu... O doutor precisa de ver que confusão. Confusão assim de olhar e ficar mexendo o corpo, porque falar ninguém falava nada não; por causa que era só abrir a boca, a carniça tomava conta, parece que a gente sentia o gosto da catinga na boca. Misericórdia! Não gosto nem de me lembrar daquilo.

Depois que o IML tirou os corpos lá de dentro, e a carniça diminuiu, foi que eu fui procurar assuntar o acontecido. Fiquei sabendo que um pé-inchado arrombou o portão e entrou. Foi dormir lá e morreu. No outro dia, o outro pé-inchado conhecido desse entrou pra procurar o primeiro, viu e saiu correndo. Ele entrou de dia, por isso não viu nada. Só que, quando chamaram a polícia, viram que tinha um buraco no meio da sala. Um buraco muito grande, profundo, que eu juro por Deus e Nossa Senhora, não tava lá no dia que a cumade Zéfa e eu entramos. Não tava lá! Não tinha buraco nenhum. E eu juro, também, que, nesses anos todos, ninguém entrou naquela casa, a não ser o pé-inchado no dia anterior, na noite de segunda. Só que o mais estranho é que de segunda pra terça não ouvi barulho nenhum. *(Pausa).* Ora, a casa é de pareia, se tivesse feito barulho pra cavar o buraco eu tinha escutado, não? Meu sono é leve e a minha preocupação com aquela casa me fazia ficar atenta o tempo inteiro.

Depois chegou a história de que os corpos estavam bem preservados, que tinha dois corpos dentro do buraco e o corpo do pé-inchado em volta. *(Pausa)*. O senhor já sabe de quem são os corpos que foram encontrados dentro do buraco?

Pausa. Grita assustada.

Meu Deus do céu! *(Senta na cadeira, apavorada)*. Eu preciso sentar. Não é possível! Mas já tem mais de dez anos que eles mudaram. *(Pausa)*. Não! Não pode ser! Como assim, parecendo que morreu ontem? *(Pausa)*. Desculpe, mas o doutor deve tá querendo me fazer de besta, só pode. *(Pausa)*. O doutor quer mesmo que eu acredite que os dois corpos que tavam dentro do buraco são do Toninho e da esposa dele, a Suzana? *(Pausa)*. Isso, Suzane! E os corpos estão preservados, como se tivessem morrido naquele mesmo dia? *(Indignada)*. Ora, doutor, tenha santa paciência! Tem mais de dez anos que eles se mudaram, eu mesmo vi o Toninho entrando no carro dele e indo embora. Não acredito que sejam eles não! Não pode ser! E então, o que aconteceu? *(Pausa)*. Ora, se o doutor Delegado não sabe, eu muito menos, né?

Pano.

Goiânia, 06 de maio de 2020.

O OUTRO LADO DO MURO

Vitória é o próprio tempo! E todas as outras seis personagens dos monólogos anteriores têm um pouco dela. Quando, em 2013, comecei a planejar um livro com monólogos de mulheres, a história de Vitória foi a primeira que eu escrevi. O objetivo era sintetizar uma vida em poucas páginas de forma lírica e intensa; não sei se o intuito inicial foi plenamente atendido, o julgo fica a cargo do (a). leitor (a). ou do expectador (a). Em 2019 submeti esse texto ao 24º Prêmio SESI Arte Criatividade, *ficando em terceiro lugar na categoria Literatura/Dramaturgia. Foi essa avaliação externa, a meu ver muito positiva, que me fez retomar esse projeto.*

Há um muro muito alto no fundo do palco, de mais ou menos cinco metros de largura e três de altura, cujas laterais se curvam, dando a impressão de que se trata de algo circular. O muro é constituído de pedras empilhadas, que podem ser feitas de isopor. Ao lado direito, há um balanço. Espalhados pelo palco há várias maçãs, pequenos livrinhos e pétalas de flores. Ao lado esquerdo há uma pequena canoa, onde está sentada Vitória, bem velhinha, corcunda, com um xale preto lhe cobrindo a cabeça e parte do corpo. Ela sai da canoa com dificuldade, se apoiando em uma bengala. Ela contempla o cenário emocionada. Caminha até o muro e o alisa carinhosamente.

Olá muro! Bom dia! Eu não sei se você se lembra de mim, mas eu já estive aqui muitas vezes. Há muitos anos eu não apareço, desde aquela maldita guerra que mudou completamente a minha vida, me transformou, e me deixou mais amarga. Agora eu vim, pra ficar para sempre! Meu nome é Vitória, não sei se lembra. Meu nome tem tudo a ver com minha vida, já que foi uma vitória grande eu chegar até aqui, depois de tudo que eu vivi, tendo você como cúmplice em vários momentos.

Você continua o mesmo. Tudo aqui nessa ilha continua do mesmo jeito. Não sei quem corta a grama, não sei quem troca as cordas do balanço, não sei nem mesmo o porquê desse balanço. Continuo não sabendo o que você esconde aí dentro, apesar de guardar aí uma parte de mim. Não sei se tem alguém aí, se sabe de mim, se sabe de tudo que eu vivi aqui. Você se esconde do mundo, ou esconde do mundo algo que poderia deixá-lo mais bonito... *(Pausa)*. Mas também pode haver muita tristeza aí dentro; pode ser que um coração fechado, ou enlutado, tenha se trancafiado aí e morreu às escondidas do mundo, como o meu... Também devo ter contribuído para isso, já que muitos dos meus sonhos, das minhas angustias, das minhas tristezas estão aí dentro, encarceradas em você.

Vitória caminha até o balanço e o empurra.

(Canta). Lá vai a menina moça
Ela está de saia rendada
Lá vai passear no bosque
Ela não tem medo de nada.

Vitória para de cantar e de empurrar o balanço, mas continua o observando se mexer.

Vai e vem... Vai e vem... Vai e vem... Assim é a vida, assim são as nossas lembranças, o mosaico da nossa memória, os labirintos da nossa história. Quando a gente julga o passado sepultado, sem chance de retornar, ele ressurge forte e bravo, a nos atormentar. Esse é um dos motivos que me fizeram retornar. *(Pausa)*. Muro... Muro... Talvez você queira saber o porquê do meu retorno depois de tantos anos. É um direito seu, não vou lhe negar. *(Emocionada)*. Eu vim viver, viver o pouco que me resta revisitando o meu passado!

Black-out, para retirar do palco as maçãs, os livrinhos e as pétalas de flores. Durante a próxima fala, Vitória retira o xale preto, troca de roupa e se transforma numa menininha, por volta dos oito anos.

(Fala gravada). A primeira vez que eu vim aqui nessa ilha, não sei se você se lembra, eu tinha oito anos, aproximadamente. Saí de casa pela manhã e fui passear pelo bosque. O dia estava convidativo, o sol brilhava e no céu, nenhuma nuvem. Disse para mamãe que não demoraria. Entrei no bosque e caminhei apressadamente. Sabia muito bem aonde queria chegar: no lago. Era um lago muito grande, de águas escuras, e havia muita neblina. Só eu sabia desse lago, e por mais que eu contasse para os outros, ninguém acreditava que ele realmente existia. Toda vez que eu tentava levar alguém até ele, eu me perdia. Porém, quando estava sozinha, eu o encontrava com a maior facilidade. Nesse dia eu caminhei pela beirada do lago, tentando ver o outro lado, só que a vista se perdia no meio de tanta água e de tanta neblina. Não demorou e eu achei essa pequena canoa, entrei nela e, como num passe de mágica, ela passou a flutuar e a seguir uma direção que eu nunca consegui guardar na memória. A canoa sempre me trazia diretamente pra cá.

Vitória sai da canoa e se encanta com o lugar.

Olá! *(Corre)*. Tem alguém aí? *(Contorna o muro)*. É claro que tem alguém aqui, fizeram esse muro. *(Pula tentando ver).* O que há lá dentro? Não tem porta, não tem janela, não tem nada! *(Grita mais alto).* Olá! Tem alguém aí? Que interessante, daqui não dá para ver o bosque. *(Olha o balanço).* Oba, vou balançar!

Vitória senta-se no balanço e canta alegremente.

(Canta). Lá vai a menina moça
Ela está de saia rendada
Lá vai passear no bosque
Ela não tem medo de nada.

Vitória para de cantar e de balançar e fica sentada, pensativa.

Ninguém nunca vai acreditar que eu estive aqui! Talvez não acreditem nem que isso exista! Não posso falar pra ninguém. Vão achar que eu estou maluca! *(Pausa).* Há muito tempo eu não me sentia tão feliz!

Vitória balança novamente e canta.

(Canta). Lá vai a menina moça
Ela está de saia rendada
Lá vai passear no bosque
Ela não tem medo de nada.

Vitória para de balançar e desce do balanço apreensiva.

Já estou aqui há muito tempo. Tenho que ir embora. Meus pais devem estar preocupados. Eu também estou com fome, já deve ser quase hora do jantar! Não deve ter nada pra comer aqui.

Uma maçã é arremessada por detrás do muro e caí no palco.

Meu Deus, uma maçã! *(Morde a maçã).* Adoro maçãs! É a minha fruta favorita! Como adivinhou? *(Cai mais uma maçã no palco)*. Outra! *(Guarda no bolso)*. Vou guardar para mais tarde!

Caem várias maçãs no palco.

(Rindo). Que maravilha! Uma chuva de maçãs! Realmente ninguém vai acreditar, nem se eu levar todas elas! *(Pausa)*. Essa ilha deve ser mágica! *(Entra na canoa)*. Infelizmente, eu preciso ir! Já está tarde! Volto qualquer dia! Hoje foi um dia inesquecível!

Vitória entra na canoa. Meia luz no palco. Durante a próxima fala, Vitória troca de roupa na canoa e se transforma numa adolescente, por volta dos dezesseis anos e fica como se tivesse dormindo.

(Fala gravada). A verdade é que eu nunca entendi a magia desse lugar! Depois que eu vim aqui pela primeira vez, só fui retornar na adolescência. Quando fui amadurecendo e o meu corpo foi se transformando, eu passei a ir menos ao bosque e a desacreditar que houvesse essa ilha de fantasia dentro do meu mundo. Aos dezesseis anos tive a minha primeira decepção amorosa. O primeiro amor a gente nunca esquece, é verdade; e é verdade, também, que a gente pensa que vai ser eterno; mas a verdade mesmo é que se sofre muito no primeiro amor. Fiquei muito abalada e revoltada com essa minha primeira decepção. Ele rompeu comigo para ficar com outra, uma menina que eu não gostava muito, e de quem eu nem me lembro mais do nome. Saí correndo de casa, entrei no bosque e só parei quando meus pés já estavam dentro do lago. Nessa segunda vez a canoa veio calmamente até mim, eu entrei e adormeci.

Vitória acorda, sai da canoa e entra na ilha.

Meu Deus, está tudo do mesmo jeito! *(Olha as maçãs pelo palco e come uma delas)*. É como se não houvesse passado os anos. A grama esta cortada, a corda não está gasta, o muro não está puído, e as maças não estão podres. *(Olha ao redor)*. Que mistério se guarda aqui? O que há dentro desse muro? Que ilha é essa, que me apavora, me amedronta, mas me fascina? *(Caminha até o balanço e senta-se rindo).* Há quanto tempo eu não balanço! *(Balança).* Como é bom! *(Pausa, para de balançar).* É bom pra tentar esquecer uma desilusão! É bom pra... *(Chora).* A quem eu estou enganando? Eu estou triste! É uma tristeza... eu o amava! A idiota aqui o amava, e não merecia ser traída. Justo com aquela... Dói, dói muito. Eu quero tanto esquecê-lo.

Cai um pequeno livrinho, feito de forma artesanal, no palco.

O que é isso? *(Caminha até o livro).* Um livro! É de poesia! *(Lê a poesia com os olhos, tempo).* É linda! Era tudo que eu precisava ouvir, ou o meu coração precisava sentir. As palavras trazem muito sentimento consigo.

Cai outro livro e mais outro, até cair dezenas de livros.

(Maravilhada). Vou querer ler todos! Todos!

Vitória anda pelo palco, abre os livros aleatoriamente e os lê. Tempo. Vitória entra na canoa. Meia luz. Durante a próxima fala, Vitória troca de roupa na canoa e se transforma numa noiva.

(Fala gravada). Eu voltei aqui várias e várias vezes, até ter lido todos os livros. Eram livros que eu nunca tinha visto antes, e não tinha nem o nome do autor. Eram todos de uma pureza, de uma delicadeza, que traziam uma poesia tão linda e tão doce, que mais parecia o sussurrar da brisa, o cantar alegre dos pássaros ou o barulho relaxante da água caindo suave por sobre a pedra. Não era poesia, era a natureza pulsando! Alguns anos depois, no dia do meu casamento, eu vim aqui. Estava feliz, já tinha sofrido outras vezes por amor, e eu aprendi a não acreditar muito nas pessoas, mas eu tinha o péssimo defeito de não colocar em prática certos aprendizados. *(Ri).* Com o meu noivo eu acreditava que seria diferente. Eu gostava do modo como ele ria comigo, como ele me beijava, me abraçava, e falava de coisas que eu não supunha existir.

Pra ele eu contei tudo, contei a respeito dessa ilha e das mágicas que aqui aconteciam. Ele segurou as minhas mãos, as beijou delicadamente, olhou no fundo dos meus olhos e disse que acreditava em mim. Eu estava muito feliz no dia do meu casamento.

Vitória sai da canoa e para ao lado do muro, olhando para ele.

Eu sei que essa ilha é mágica, e parece que é só minha. Eu vim aqui pedir felicidade nessa minha nova vida! Eu sei que vai ser difícil. Eu estou com medo dessa vida a dois, das novas responsabilidades. Eu ainda quero imaginar que a poesia desses livros se cumpra na minha caminhada. Hoje eu não sei se estou alegre, se estou triste, se estou nervosa, ou amedrontada, o que sei é que vários sentimentos saem do meu coração e se transbordam em expectativa. *(Pausa, toca o muro).* Me abençoe, o que quer que você seja!

Cai uma chuva de pétalas de rosas, e Vitória gira emocionada. A chuva de pétalas para.

(Chorando). Obrigada! Muito obrigada!

Vitória entra na canoa. Meia luz no palco. Toca uma música muito triste. Tempo. Vitória sai da canoa trajando um vestido preto e com um pequeno caixão branco nos braços. Senta-se aos pés do muro e canta.

(Canta). Oh, minha amada, criancinha
Pequena foste, de mim tirada.
Oh, meu amado, do ventre meu
Pra Deus retorna, pequeno anjo.
Leva o meu beijo e a minha saudade
Leva os meus sonhos e a minha alegria,
Os melhores planos da minha vida.
Leva o meu amor e o meu pranto,
Leva o meu coração e o meu encanto.

Leva o meu lamento e o meu canto.

Vitória chora copiosamente, segurando o caixão do filho.

(Grita desesperadamente). Não!

Pausa longa. Vitória acaricia o caixão.

O que eu faço, meu Deus? O que eu faço?

Uma pedra do muro cai, revelando um buraco. Vitória se levanta, olha para o caixão e olha para o buraco.

Tu queres que ele repouse aqui? *(Pausa).* É uma linda criança... cuide dele por mim!

Vitória pega o caixão e o coloca no buraco, enquanto canta.

(Canta). Leva o meu beijo e a minha saudade
Leva os meus sonhos e a minha alegria,
Os melhores planos da minha vida.
Leva o meu amor e o meu pranto,
Leva o meu coração e o meu encanto.
Leva o meu lamento e o meu canto.

Vitória ajoelha-se chorando desesperadamente. Pega a pedra que caiu e a coloca no lugar. Muito abalada, caminha para a canoa cantando a cantiga até a sua voz sumir e a luz do palco cair quase que completamente. Tempo. Vitória entra correndo no palco, com um vestido todo sujo e um lenço na cabeça. Ao fundo ouve-se muito barulho de bombas e tiros.

É tempo de guerra! Lá fora os homens matam e morrem, destroem tudo ao redor, lutam por algo que não sabem o que é, mas que acreditam ser o melhor. Com isso, os homens destroem sonhos, esperança e amor... *(Chora).* Os homens se matam e deixam as mulheres viúvas, os filhos órfãos e o mundo triste. Eu acreditava que a guerra não chegaria aqui, que não mudaria a minha vida, mas ela já levou meu marido, e eu sei que não receberei boas notícias sobre ele. *(Chora)*. Aqui eu me sinto segura. Aqui onde eu enterrei meu filho, onde eu descobri uma dor que eu imaginei que eu não fosse suportar. Eu pensei que eu nunca tivesse coragem de voltar...

O barulho das bombas e dos tiros fica mais alto. Vitória senta e encosta-se no muro, com medo e chorando.

Está ficando mais forte! Estão chegando! *(Pausa)*. Oh, meu Deus como faz frio.

Um cobertor é arremessado detrás do muro e cai no palco. Vitória rasteja até ele, o segura e volta para o lugar onde estava. Vitória tampa o corpo e à medida que o barulho fica mais alto ela tampa também a cabeça.

Estou com medo! Muito medo!

O barulho das bombas e dos tiros continuam, enquanto a luz do palco cessa completamente. Joga-se muita fumaça no palco e uma meia luz no muro. Dá a ideia de que o tempo passou. Vitória está no palco como no começo da peça, bem velhinha.

Depois da guerra, eu prometi que nunca voltaria mais aqui. Eu mudei muito, meu coração se fechou, se endureceu e me fortaleceu. Depois da morte do meu filho, de forma prematura, com apenas três meses de vida, e da morte do meu esposo na guerra, minha fé na humanidade acabou. Ouvia muito falar de fé, de esperança, de amor, mas acreditava que o meu sofrimento os havia sepultado numa parte do meu coração que era só silêncio e tormento. *(Pausa)*. Tentei viver! Saí, rodei o mundo, nunca mais quis me apaixonar, nunca mais quis me entregar para alguém. Sofria, por antecipação, a perda que eu julgava que não tardaria! *(Pausa)*.

Ah, como viver é difícil! E olhar o passado é pior ainda! Mas eu estou aqui! *(Pega uma maçã no chão, a limpa na roupa e morde).* Ainda estão saborosas! Elas não envelhecem nunca! Se eu tivesse ficado mais tempo aqui, talvez eu não tivesse envelhecido tanto. Mas visitar o coração é sempre um reencontro consigo mesmo e com as suas melhores e piores lembranças.

Cai uma chuva fina no palco. E Vitória gira, feliz.

(Canta). Lá vai a menina moça
Ela está de saia rendada
Lá vai passear no bosque
Ela não tem medo de nada.

A chuva para.

Depois de muitos anos eu posso dizer que eu estou feliz novamente! E eu vim para ficar! Nunca mais quero voltar para o mundo! Aqui quero me sepultar e viver eternamente a essência dos meus dias felizes que ainda sinto aqui. *(Se voltando para a canoa).* Pode ir embora, sua missão comigo terminou! Muito obrigada!

A canoa sai vagarosamente.

A partir de hoje, eu me tornarei mais uma pedra desse muro, mais uma grama desse jardim, mais uma maçã desse pomar, mais um instante insignificante no tempo!

Vitória vai se abaixando calmamente, se libertando das roupas, até se deitar em posição fetal completamente nua ou com uma segunda pele. A luz abaixa-se lentamente até focalizar somente em Vitória.

Pano.

Trindade-GO, 27 de abril de 2014.

SOBRE O AUTOR

Rildo Bento De Souza

Nasceu em 28 de dezembro de 1985, em Goiânia-GO. É graduado, mestre e doutor em História pela Universidade Federal de Goiás (UFG). Professor Adjunto do curso de Museologia da Faculdade de Ciências Sociais da UFG. Autor de artigos, capítulos e livros sobre a interface entre memória e patrimônio, com ênfase em História de Goiás. É autor do livro "Pobreza, doenças e caridade em Goiás: uma análise do Asilo São Vicente de Paulo 1909-1935" (Paco Editorial, 2014). Organizou em parceria o livro "Patrimônio cultural da saúde em Goiás: instituições hospitalares, assistenciais, de ensino e de pesquisa" (Editora UFG, 2017). Como dramaturgo publicou os livros "O Banquete das Cinzas e outros espetáculos teatrais" (Editora PUC-GO, 2011), a peça "Terra à Vista!" na obra "Mulheres, Pescador e Terra" (Editora UFG, 2013), e "A lenda de Joaquim Zé Pião e sua muié dona Carma" (Editora Trilhas Urbanas, 2019), essa última, laureada em terceiro lugar no Prêmio Nacional Funarte de Dramaturgia de 2014.

Made in the USA
Middletown, DE
22 January 2021